U0015143

一切閃耀
都不會熄滅

廖偉棠 2017--------------------------------2019 詩選

contents

目次

第二輯

第四輯

1
第一輯

攝影：廖偉棠

其後
——給女兒

後來有兩百人成為詩人
一百人成為麵包師
五十釀酒師
又兩百人耕種和手作
五十人漁獵
這樣足夠了
足夠愛一個島嶼

其後
孩子們學會在雲上走
父母都被放棄
雨灑日曬，不求甚解
裸露的身體結孕果實
這樣足夠
足夠再生一個海

最後一人在酒甕中甜睡
夢見千千萬金屑

自過去的城剝落升起

我有一首輓歌

不打算帶往未來

你的笑靨足夠

清空我的時代

2017.3.2-3.

十誡

細雨落在工業區，有人自帶箭靶奔跑。

心變冷，好多往事已經停產。

夫妻夜談，像雪又落在都柏林。

但如果關窗，就聽不到外面下墜的香港的呼救。

獅子山夭折，他們不介意再生一個獅子山。

凌晨五點，冰海已經準備好在亞熱帶登岸。

鳳凰躊躇，趕屍人帶回了格瓦拉的骷髏。

好多道路通往上帝，而離開祂的道路只有一條。

升旗之際，那幼鳥有巢，在我脅側。

心結霜，我是否應該關閉這顆星球的電源。

2017.1.13.

啞謎

過一百座橋回家
和過一座橋回不了家
是一樣的

把香港比喻為一舊咆哮的叉燒
還是一罐喝光了的黑啤酒不説話
是一樣的

一隻手在啤酒罐內部
向外擰斷了自己的喉嚨
回不了家的人，嘗試學一座橋，躺下

他身體四周
是伶仃洋編織一片凌遲的刺繡
魚們持尖刀撲向彼此

一百座橋上，蟻人紛紛離去
最後一撮泥土在被告欄裡
獲判暴動罪，僅僅因為她們的潮濕

2017.8.15.

寒港

天氣播報員死去以後
我們直接把道旁
不凋的樹葉用人手摘掉。
汽車排隊進入西九堆填。
沉默的氣泡直接結冰
從報章的對話框上滾落
中環動物園、尖沙咀實驗室
旺角殯儀館和荃灣墓園……
「付喪神」必須要有這樣的樣子
香港的金骸骨聳起被吃剩的翅尖
帶領我們百鬼夜行。

雪落在香港的脆皮上
也落在香港的五臟內。
劏房的窄棺、豪宅的骨灰甕無一例外
都變成懷裡的聖誕下雪水晶球。
下盡了，再顛倒，每一片雪花
都是一隻被凌遲的乳豬的報復。
雪落在 1842 年衣衫單薄的蜑家女肩上

也落在 2017 年在 Facebook
寫下遺書的少年手上。
雪落在屠門的饕餮
也落在火海的鷗吻。

是寒冷在沸騰
潔白的胃、貢丸一般的眼球
生魚片一般的夢都可以扔進這鍋
寒港說吃我吃我。
茶壺中的愛麗絲是 1997 年
登船的英國女兒，落下的眼淚
確保了維多利亞港的鹽度。
是寒冷在濃湯中沸騰，成一個笑話
嫖客們都死去以後
廟街的企街媽媽把 V 領再拉低一點
她還有七百萬個孩子需要撫養。

2017.12.18.

港珠澳人橋

噪鵲在集裝箱辦公室頂上築巢的時候
已經有十九個鮫人在集裝箱外面的海上死去

喜鵲從碼頭低飛掠食香菸的時候
已經有一條奈何橋在水中的綠影裡結成

烏鴉穿上西服擠上巴士替換你我的時候
我們造了一個聒聒叫的棺材來做浮島的模型

蝙蝠懇求開啟一下黑暗的開關的時候
我們增生的骨殖虛構了我們的脊梁

2018.2.11.

孤島少年日記（組詩）

春始

就這樣生活慢慢收緊如皮膚，
手指從手機撤退，無邊際，不突圍。
一支孤軍，我的血在血管迷路，
我再也無法邁出，這愛。
鄰居的新婦在春光中哭，
我是我自己的四行倉庫。

網絡是柳絮，交織八十年的死。
我若死早應死於渡海的輕雪，
但同胞們仍活著，活於無數霹靂，
寄給他們的信全部退回。
民國二十八年，郵政搭建一座巨塚，
鄰居的新婦半夜放一束電波之菊。

另有別樣的蓓蕾轟炸校長的七律。
鄰室的妻子如聞戰伐。
我應該挺身安慰，或安於處子的鞘？

但豔電橫飛全島，主義紛紛枯萎，
女童軍的赤足掠過水中的刀
漩渦裡的嫩枝抽芽漂紅變老。

春盡

柳條箱始終在等一個國家微型的屍體，
大河大川紊亂沖開金鎖。
是，十年後羅湖橋凝冰，
是，三十年後西江無數裸羊。
文學凌遲了數學，砧板代替了書桌，
否，斷指勾連了南音的情色。

始終是另一個人代替我潛行山陰
在九龍城寨一扇扇敲庸醫之門。
另一隻眼替我掌鏡對焦
魚乾閃爍於吊頸嶺晾曬的晚報。
觚不觚？上海人有多一張船票，
否，另一隻手不能投反對票。

千山萬水的血肉到舌頭為止，
我偷偷地品嚐了一下蘇絲黃的鹹味。

午後曳航，國是日飛——
他在鄙夷乃父的鍋碗瓢盆，
她在驚嘆其母的嬌喘輕吁。
是，春夢在 1949 年乍洩不止。

冬迴

清場以後，不妨一人在添馬艦刻舟；
大風揚波，不妨一人在夏慤道烤魚。
細齒噬尾，請不要擦嘴，
骨鯁血絲，移吻彼此的面珠。
千帳明燈，那把劍哪裡去了？
冬雷啞啞，我的朋友只剩下魚還在絕食。

就這樣雪人在火宅中入睡，
國泰民安，鍛鍊莫須有的身體，
折磨莫須有的良心，移民去烏有鄉，
懷 2046 的舊，吹噓鴕鳥的生殖器，
安慰那個彌留的英雄的嘆息，
說聖堂在煙灰中拔地而起。

昨夜我夢見星期五把鐵軌移動一萬里。

我是擱淺的鸚鵡螺號，

煙斗在風暴中分崩離析。

暑假跋足行遠了，我還是孤島裡的少年，

飢腸白茫茫，淪陷於租界，

苦候一顆原子彈如一首讚美詩。

2018.3.10-11.

註：題目靈感來自趙楚先生整理的鄭槩甫在民國二十八年上海所寫的學生週記，
但詩內容與週記無關。

夜降赤鱲角機場俯瞰香港蜃境

我城的傷口掙扎抖開
最後一襲華美大袍
是雪意凝聚
還是暴雪正在蹂躪？
夜氣依然玲瓏
獸角依然迴旋向我。

一如二十一年之前
我所未見的香港在墨中顯影
我所未忘的香港圖窮匕現
一如今夜，流火大星。

無論這盤旋是致哀還是迫降
我們沉入這漩渦
並非歸降。
青馬大橋攬彎躊躇，
伶仃洋在一旁
和我凝神一千年

黑白雙目，把燈火
變修羅。

2018.6.30-7.2.

大嶼往事

我説：明日大愚。
他糾正我：嶼，廣東話也讀罪。
他也是有罪的一代，他和她和我
把罪像一朵火焰，不，像一塊死去經年的豬肉
放入雪櫃。

據説，把海燒乾讓海床朝天只需要 1.5 秒鐘
假如他把海背起來離開地球。
他一邊燒著自己，一邊安撫海水的沸騰
唯一的安慰在於：當兒子回家
這煲老火湯已經煲好。

但是兒子不會回家了。
但是大嶼山的雨都在空中打結。
但是梅窩的牛在胃裡長出了竹子啊。
但是坪洲的白海豚尾巴被剪成花了。
我們隔火觀岸，備好蘸料，靜候那饕餮獸光臨。

2018.10.13.

註：明日大嶼願景，簡稱「明日大嶼」，是香港行政長官林鄭月娥在 2018 年度施政報告中提出的大嶼山發展計劃。項目計劃在大嶼山島附近分階段填海興建人工島，填海面積達一千七百公頃。此計劃遭到香港人普遍反對。

一切閃耀都不會熄滅

我坐在一個島嶼

最新的公園

看著女兒在沙池裡把堡壘推翻又建起

天空上有薄薄的烏雲，雨在待命

初夏的正常景象

孩子們跟隨各自的母親

把笑聲交給跑向四方的風

有的風在哭泣

有的風已經穿上風衣

我低頭向手機吃力地辨認

老城裡一位老者的聲音

（是我每天仍在唸叨的粵語）

有的風在洗臉，用翻滾的砂石，

有的風已經開鑿了風眼，埋下火藥

我低頭向遠方致敬一位老者的聲音

一位年輕人的聲音

他們代替了我站在被告席上

有的風反覆把門拍打

不知道它是想進來還是出去

想拒絕還是喚醒

雨在待命，雨在抗命

漆黑的鋼鐵環繞太平洋流轉

有的風堅持激盪樹葉、海浪、每一座島

有的風堅持擁抱樹葉、海浪、每一座島

2019.4.9. 在台聞佔中九子「罪」成

候鳥
——致敬西西

微小的
在入夜起行
避免誤判高樓或燈塔
是黎明的光線。
瘖啞的
遠離聲音
辨認槍聲和誘鳥
不愛也不恨。

只有一條河流靜靜
穿過我的頭顱
承載幾個地點
所有的風土。
像一支箭
逆轉我的羽向
讓我無論在何處築巢
也可以像你一樣
清風兩袖。

微斯鳥哉

無誰與歸。

我們一路削骨

直到全身變成筆

掛上飛石與彈丸

撞上高壓電線

成為白晝撲日的猛禽

黃昏時

往故人的閣樓敲窗

無所謂送信或收信。

2019.6.4.

同仇

脩我戈矛，與子同仇。
——〈秦風・無衣〉

昨夜我也是被透明盾牌
困逼成廣場的人
和你一起撞響廣場的疆界
昨夜我也是
被紅眼狼犬驅趕的人
和你一起四散如城寨

別問我香港的下落
別問我詩的下落
那可以回答的人如今在拘留所裡
那可以寫的人如今在寫檄文
漸漸他的非常
成為我們的日常

撬斷凌晨才冷下來的鐵軌吧
清晨它又將負載龐大的罪

在火焰中攀緣
無衣的人將不再洗刷自己的戈矛
因為就連擰開一瓶清水
也會傾倒出刀刃的時代已來臨

2019.6.11.

二百萬零一

白雪之後是黑雪
二百萬之後是二百萬零一。
以後的數字永遠要加上他一個
以後的刺青永遠滲血
脫不去他的雨衣。

黃色之後是金色洪流
取代商場與政總的泥污。
拔不掉他的星芒
一之後的二百萬永遠是一
筆尖穿刺傲慢者的裝甲。

但他騰空是為了俯瞰今晚
壁立我們身側的無數黑暗
他匍匐，是為了撿起街道本身
撿起香港被踐踏的微塵
二百萬零一。

售罄的永遠是白花。

二百萬零一，這條路上每一彎折
都有他揮手如將空氣劃破
每一彎折再一彎折
直到游擊隊帶走了他。

2019.6.16.

羽毛
——悼 2019 年 6 月香港殉道者

這片羽毛
重過泰山
重過黑夜無法
碇泊的港口。

壓倒那些冠蓋
她們在西環的呻吟
壓倒那些畜牲
她們離不開的豬圈

壓倒那些被
塗黑的報紙
壓倒甚至那些耳朵
冒充的喉舌

你羽毛，凝凍成冰刃

就不得不迎風劈開這一切

骯髒。劈開

我們：曾經造就你的寒冬！

2019.6.29-30.

復活

1980 年，約翰連儂死了
八年後在布拉格復活
三十多年後在香港復活。

唱歌的人，沒有發出聲音
只是把沉默壘成管風琴。
寫字的人，沒有寫下字
只是把墨擰成團。
貼紙的人，沒有貼上紙
只是把樹的靈魂喚回來。

築在十字街頭。
在城市疤痕上攤開。
滋生一個細浪淼淼的海。
再活一次。

持刀的人，沒有伸刀向前
他們用力把我們的喊聲
斫成箭頭、鳥的列陣。

2017 年，劉曉波死了

有一天他也會復活

只要地球上還有海，還有可以拍擊的堤。

2019.7.13.

逆風說的話

紙皮說：
不會，我不會把他們交出
他們以我為盾
和我一起領受催淚彈的燒烙

雨傘說：
不會，我不會把他們交出
我是他們的船，他們的翼
和他們潛行激流，五年如驟雨一剎

便箋紙說：
不會，我不會把他們交出
我們一起用虹彩拍擊高牆
我們要做撫慰他們裸足的細浪

鐵馬說：
不會，我不會把他們交出
他們讓我馳騁，讓我
四蹄迸出和他們雙眼一樣的火花

人民最後說：
不會，我不會把他們交出
木棉花在瘖啞的街道寫眾人的名字
血跡遍地也有我的一滴

2019.8.1.

最漫長的夏天

一代人被改變了
兩個月的熱與光
積攢在深深的眼窩裡
「血太紅了會變黑」
是誰的血，在環形山裡
敲打成一片銅鼓般的月？

拄著自己的骨頭
我們走出自己的埃及
攜帶著荒年與噬人餓牛的記憶
「好美啊，像地獄一樣」
我聽見那少年如此讚美
我們看見最後自由的暮色

砂子滲進了我的掌紋
嵌進你腳底的撕裂
但不會沾染我們的膝蓋與前額
「你來看雪，是麼？」
是的，媽媽，我是你尚未出生的孩子

我來到這裡，為了蘸雪寫我城的筆畫

一代人自決了盛夏的酩酊
不可以貿然結束
那裏進繃帶裡的藍漿果未品嚐
「你可是陽光中的墨者？」
是的，你朝烈日凝望久了就會看到我
我們收割對方因為不想要秋天代刀

2019.8.13.

註：詩中四句引文分別出於：
1、網友給我的留言
2、從機場走出東涌的一名示威者的感嘆
3、西西《手卷・雪髮》
4、謝雪浩〈電車過革命廣場口占一首〉

夜禱

我沒有打開窗喊出我城
期待我該喊的口號
沒有呼喚也沒有回應
一道光刺穿夜林早已啞寂的蟬聲
喚醒山谷中也許從不存在的東湖

「詩不能抵擋一輛坦克
但它能建造的東西比坦克摧毀的要多得多」
朋友問我這句話的出處
我羞於告訴他這是我在坦克的履印中撿到的
這是我從激盪的露水打撈出來的

獄中人仍然被毆打骨折的時候
我期待我的詩可以成為一句詛咒
既然亞馬遜森林的劫灰依然在我的額頭
塗抹發配的花押
我不會放棄接骨木所誓言的復仇

2019.8.30.

不要順從地走進香港的黑夜

今天你坐上一架巴士就不得回家
你的雙手必須高舉如戰俘
今天你站在馬路對面就不得回家
你路不拾遺提醒了他們本來就沒有的東西
咆哮吧，無論你是釜底游魚還是抽薪討火
你告訴我：不要順從地走進香港的黑夜

今天你站在家門前也不得回家
喝醉的烏雲已經纂改了你的密碼
今天你在自己家中仍然不得回家
你的家作為人質已經被國的家綁架
蒸騰吧，像煮沸的水或者帶電的花
你告訴我：不要順從地走進香港的黑夜

那從荒野徒步走到機場的人並不走進黑夜
那青馬大橋上擺渡二小時的人並不走進黑夜
那在奧斯威辛門口敲鐘的人敲擊著黑夜
那無法進入地鐵站救治傷者的人
她曾經清洗黑夜，她的淚水鏽蝕黑夜

直到黑夜回答：那些盜馬遠行的孩子還活著

那些凌空一躍的孩子還活著
那些踮腳去拉天使的鞋的孩子還活著
那些燒自己雨衣給雨點禦寒的孩子還活著
看哪，這人！我曾在最後一顆星砭入
我的眼睛之前記下了他的名字！
不要順從地走進黑夜。香港。

2019.9.5.

這城這夜

這城這夜各處號角聲響遍
是霧中起航也是光中示警
地球上沒有地方比我家更像廣場
沒有一座監獄像我的心充滿迴響

我送別這些少年水手
像送別我五十年前的父親
像一場盛大的流星
本應是他們送別我往火中前行

這城這夜各處號角聲響遍
願消失的街壘在馬路中間浮現
失蹤的馬群輕盈躍過空氣中的鐵
所有奔馳的消防車緊急煞停

廣場上沒有一塊磚比這歌聲飛得更遠
沒有一座管風琴能建造更多階梯上揚
沒有一片雪花比你更接近暴風眼
沒有一個浪如你回望然後席捲

2019.9.12.

放膽去

放膽去
你的心會跟上
你的肝和骨頭會跟上
甚至汗毛和指甲
甚至你身邊的蜜蜂與螞蟻
當大氣濃稠充滿陰霾粒子
你輕輕唱出的情歌就是防毒面具

你用了五年去學習愛
把地圖刺青遍佈你的皮膚
以便愛在你的掌紋裡迷路
在你不再能端詳這城市面孔後
仍然能抬手觸撫
沿著淚珠滾落
沿著呢喃嘴角

放膽去吧
海港邊總有漂流瓶沉浮
把自己折疊好裝進去

如一句即將被噤聲的歌詞
在寒流中自燃，為大海取暖
未來的冬夜會有人把你撿到
當謊言如雪，落滿彌敦道

他會想起
童年時馬戲團曾路過大角咀
相愛的小丑不曾脫下他們的面具
他的父親拍拍他的肩膀
你拍拍身邊人的肩膀
我們擁抱，把呼喊換成耳語：
黎明不遠了，放膽去

2019.10.5.

靶心

它射擊的
是他唱歌時右手擺放的左胸
昨天我們唱歌的時候，它已經瞄準好了

然而明天
我們繼續唱歌，繼續把手放在那裡
因為那是心臟的位置，沒有別的地方替代

2019.10.3.

赤鱲角十四行

島嶼們在霧霾中隱現
數秒就被飛機拋在後面
這些沉默的人，依然列隊
逆呈波浪的流向。

一擊即中，他們的心臟都不假掩飾
他們的拳頭緊攢出自己心臟的大小。
無論我是否降落
我都是針尖上的血噴泉。

轉機者無轉機，夢使我們得以分身
應對這時代的邀宴：一枚硬幣
上的尊容在每天向醜劇的潛行中磨損。

無知於淪陷的速度，愛恨的概率
層疊山巒可否揉眼再看
是我壓在利維坦龐大幽靈下的家園。

2019.10.10. 香港飛檳城機上

十五歲輓歌

生於斯，死於斯。

　　　──陳彥霖

我的十五歲，沒有認識像你一樣的少女。

只是把一年前汗污的白飄帶鎖在抽屜深處；把自己始終用一件深藍色牛仔襯衫裹緊。當和你一樣的十五歲少女問起，我不會告訴她曾經有坦克從我肋骨犁過。

就像你今天也無法向我解釋

你的身體如何以潔白迫降漫天血雨

這鬼城楚楚是你我記得彼此的面目

我們是鳥和魚嗎

只剩下真空和暗海是我們的航路？

誰浮沉於我們

懸掛一顆星在我的脊柱

月光照亮的只有一桌亂書

一個少年曲身往裡打撈

可以拼湊出未來輪廓的另一些少年的遺骨

濕漉漉，鐵錚錚

是刀子，不是音符

我的十五歲淹沒在洪水中黑暗魚腹

你沿途按響這些死者的門鈴吧

給我打電話吧，用那張

燒起來了的電話卡

我多麼希望時間能崩壞如我倆擦肩而過的車站。

深呼吸，所有的氧氣都高呼缺氧，你撞擊這個星球它引以為傲的百

分之七十的水的時候，所有的喊聲——所有我曾經以為是水在喊痛

的聲音。原來都是赤炭沸騰爆裂的聲音。

2019.10.12-16.

去找瑪麗亞

去找瑪麗亞
但要小心，前輪的煞車壞了
去找那些雌鳥、母獸
去找那個一直守候在巷口的修車人

我不曾用水瓶收集有毒的煙霧
我不曾用魚沫濡熄火花四濺的彈頭
我不曾叫喊失聲像個撫摸傷口的孩童
我不曾在玻璃後面找到我走失的影子

我也不曾擁有那些為我殉難的愛人
直到她們坐在日常靠倚的欄杆
迎接狂風吹亂的燭火
我曾經點燃的家屋裡飛出來的

如果我找到瑪麗亞
在我不曾迷失的宵禁的馬路上
如果我曾經泅渡黑水，又曾經醉在白森林
請赦免我吧，就像你赦免盜聖墓的人

2019.10.23.

無名氏

你愛她嗎
如果她是你鏡中的陌生人？

當青春棲止於飛箭。

她值得珍惜的美你知道
她面臨的憂懼你也不能倖免。

當盾牌碰撞聲聲漸近。

她的名字叫香港
她只是恰巧不是你家鄉。

2019.10.30.

夜讚

雲箔延展黑鳥的屏息
林口上空龐然夜色
超出我等人類耽美的駕馭
好比小島是投影機
把微茫投射給虛無

假如這真的是讚美樹木
就等同犯罪的時代
那就讓我陷入這星星的囹圄
假裝世界依然美麗如昔
代替那不再在世的少年仍目睹

假裝夜氣氤氳中有巨手
挹抹去人間某些劫數
安慰三四隻未眠螢蟲的起落
教說與溫煦的童夢
重回另一座陣痛中的島嶼

要知道我們尚未誕生

真理是摸黑檢點的行裝
野犬與駿馬守候的林莽
我們是伸手不見五指的騎手
還是這夜色加冕的神偷？

在更聲渺渺的年月裡
寂寂降下簾幕
感謝某顆星子如夜眸垂顧
假裝世界依然纖細如昔
代替那不再在世的少年仍愛撫

2019.11.7.

立冬

立冬已過，我們死無可死
但仍然再死一次
這一次依然像無數次

為了不被凶手指著我們的屍體說這是奴隸
我們的手依然握拳，在冬天保持直立的姿勢。

然後我們注入冬天像暴雪擊打紅場
魚貫而入這大地因為地下的鐵早已失靈
嚼火一度
因為我們的舌頭漸凍僵

2014 年冬天，你埋在彌敦道的死者
發芽了嗎，開花了嗎？
我們不再追問
鳴鐘一記夜空佈滿瘋狂的星辰。

2019.11.10. 屏東

註：「去年你種在你的花園裡的屍首，
它發芽了嗎？今年能開花嗎？」──艾略特《荒原》

漆咸道

二十年前
在漆咸道盡頭一間孤懸小屋
十多個寫詩的青年於此
鍊字，無暇顧及天空流火。
今晚，在漆咸道盡頭一所大學
不寫詩的青年們從肺腑中
活活把詩攫出來
點燃、投擲，讓我們也有機會
在滾油中翻滾衝過
我們不抬頭的青春
我們碎片淋漓的孤懸。

當他們寫下「死所」二字
我們已無葬生之地
當他們漸漸滅聲
我們嚥不下這苦膽。
穿過紅磡的黎明它空空蕩蕩
它一無所有就像人滿為患的集中營
和血吐出

一嘴碎牙

代替這首詩，釘住這目擊證人

這試圖逃走的

鯉魚門的霧——我們。

2019.11.18.

註：記理工大學保衛戰，「死所」是手足們在校內塗鴉的字眼。

準備過冬

從炎夏走到隆冬
這些筆畫未曾停自己
的頓、拓、衄、峻、逆、折
萬毫齊力
寫一篇數百萬字的小說
每一個字都是主角
墨水也未隨溫度而凝住
繼續黥刻在自己家門前的發配
謹記為劫獄的暗號
我們等待電車、巴士和摩天輪突然失速
把夜半藏舟的人帶離搜山的巨手
一切都變了，每一次吻別都荒涼一片樹林
拉緊風衣拉鍊的人，繼續為風禦寒
把襯衫攝入腰帶的人，表示一無所有
僅餘腰骨硬淨、血脈溫熱
準備過冬

2019.12.8-9.

聖誕卡

如果我還能收到一張紙折的聖誕卡
我會把它送給那滴難民的血
做沒有煙囪的帳篷

當耶穌離開廟街
和他膚色泛金的手足
默默拆完通菜街的一百間街鋪

作為他的聖誕禮物
向空中釋放掉
良心售罄的黑色星期五

走吧！在高空墜落的
不是雪，也不是聖誕老人
是我們昨天還在合唱的朋友

在馬路上哀鳴的，不是鹿
不是失去港口的霧
是被催淚瓦斯塞滿的郵筒

如果我沒有收到一張紙折的聖誕卡

它一定是還在獄中

被那雙無罪的手製造

2019.12.25.

2

第二輯

攝影：廖偉棠

沿著北京的大街

沿著鬼城基輔的大街，
不知是誰家妻子在尋找丈夫。
　　　　　——曼德施塔姆

不知是誰家妻子在尋找丈夫。
在口罩吞沒面孔之前
霧霾已經吞沒了靈魂。
在妻子在賠償書上失蹤之前
丈夫已經在狐狸的傘下草草掩埋。
霾，是習慣了黑雨的野獸
叼著你的我的手探進死者微溫的傷口。
沿著北京的大街
不知是誰家的鬼在尋找丟失的日記簿。
沿著北京的大街
不知道誰家的筆在尋找折斷自己的匕首。

不知是誰家妻子在尋找丈夫。
她貼近了路牌像觸摸盲文的驚雷
她觸摸盲文像杜撰路牌的坦克。

她同時是遺孀和凶手
她試圖豢養霾像豢養一株鉻黃色的牡丹
霾，是習慣了腥甜的舌頭
沿著北京的大街舔裸露的眼球。
沿著北京的大街
某些愛情內循環著體液活著。
沿著北京的大街
一株鉻黃色的血管撰寫自己的驗屍報告。

不知是誰家妻子在尋找丈夫。
一株鉻黃色的陰莖意外地漲爆
本來它在穩步創造 GDP 的高潮。
霾，是習慣了陽謀的幽媾
是習慣了膝蓋的屁股
是膩味了骨灰的洪爐。
沿著北京的大街
誰替我稍微擰亮一點燃臍的宮燈？
沿著北京的大街
誰替我稍微遮擋一下悉悉落下的國土？

2017.1.5.

冬夜與學生們談寇德卡

你們認得這個被大卸八塊的偶像是誰嗎?
為什麼他的手指指向大霧的河谷
而另一個人的手像希特勒一樣揮舞?
巨河將為他們仁分開,還是會單獨接納他的棺柩?

如果你們沉默,寇德卡
就是黑臉猛犬撲來同時把臉朝向過去未來
但我不會告訴你們它的名字叫雅努斯
它的神廟如暴雪傾圮,梨花剖開屍體。

我並非要引薦一個葬禮
給你們健忘的二十二歲
你們也可以是高舉長幡走在葬禮前的歌者
就像寇德卡杵在布拉格的坦克前面。

二十世紀最後孕育了你們
海嘯當中嬉戲的是你們的父親母親。
而大海是我們的血肌,是祭牛湧動的弦樂
是寇德卡挽弓的右臂。

海嘯當中嬉戲的是你們將要成為的神。
把坦克、雕像與城市拆解為碎沙漏般海灘
任國家舔著自己的腹部狺狺
我和寇德卡退入深林，如舊世界的獵人。

你認得這個冬天與哪一個冬天孿生子一樣嗎？
我們沒有正確答案。
不，我也不是他的、任何人的同時代人
扔掉相機，靈魂才有機會曝光。

2017.1.18.

註：寇德卡（Josef Koudelka），捷克著名攝影家。

年

雪的消息在蠶食邊境
獵人無家可歸
它漸漸入夢呼吸如蜜
他伸手摸槍摸著一朵芍藥

然後是妻的乳，雪在獨白：
溪深鳥影撲朔，魚如何？
一列囚徒在廢棄的軌道上扮火車作樂
它夢見了夏天它是刺青的少年寂寞

2017.1.27.

春詞

初春之靈鏡啊，森麻實道美女甚多
遺我一二暖夜眼神之餘波

可能是因為我不食名流之家宴
哪怕是在臉書上也不為將軍的髮型按讚

可能是我肩上負兒而不是生活之蟾蜍
背後仍掛著斷劍而不是大王烏賊之腕足

我低頭時常見櫻花汪洋般傾覆這大城突兀
抬頭是巨陰閃耀如宇宙的透明淨皿

初春之靈鏡啊，清寒的絕塵之馬
我側窺九龍塘一顆落石的忍聲看到自己的深目

2017.2.9.

閱後即焚

1

1975 年。那麼多人
喪失了為人資格
排隊等死。黑色的樹
在北方結滿了癭瘤
國家如蟲，蟲如國家。

我獨自在南方出生
認識諸天的寒意
白衣裹刀者
立於母親床畔，如金剛
細看是霜花。

又是生者與死者
搶奪醫生的一年。
又是病牛噬掉埃及的一年。
匆匆趕回的父親
長得像火神，嚇了幹部們一跳。

外祖父矗立在荒山頂上
襟袋插著橫七豎八的主義
他一身由瘦金體組成
他四十五歲又臨大惑
亂蟻和南方一樣。

1985 年。叛徒們
正意氣風發，江山滾圓。
我在扮演的是
我剛剛死去的爺爺
在香港不歸，卻裹足在本鄉。

2

年過了，剝開柚皮
是我渾沌在其中
把憤怒忍釀成了苦蜜。
這些牙齒繼承了童年的餓
反噬著少年。

河過了，我還是那匹小馬

腹部濡濕似血
當一代人雲集
喊出的口號都是恭喜發財
長頸鹿冒死翻筋斗。

夜陡峭地高，並不漫長
老石油中死去的小飛將
仍嚶嚶著故事的好。
它的口器擅長親吻
而不是祭文。

奇怪，我也總是記得山蔭道
遇雨的一夜
那個走失的人肯定是我
肯定不是雨滴本身
雨滴粉碎的翼尖。

寫下一句，意味著喪失
無限句。詩是酣戰、大戮
不存在的貓聞聲而動
我的腦髓滋養
我的悲傷供奉。

3

2045 年。光在耗損
但暗也必然虧空
菩薩機器的運轉尚未缺油
一個妓女肩負萬噸
南無阿彌陀佛。

愛國主義準確到
每一片落葉
但不排除一張白紙
黑洞了宇宙
一個符碼，咬開七光年缺口。

我舊邦的酒太甜
新世界又下火焰
獨木橋上有度母
萬頃林中屠宰著麒麟
用馬來語或者擬音呻吟。

2035 年。黃金開始

糞土不如，地產商在尋找針眼
激流中僅僅復活了屈原
一塊結舌的利石
呼嘯著擊中，1965 年。

2017.2.9-12.

那個腦袋被砍下來的湖北人

那個腦袋被砍下來的湖北人
和我同一年出生。
經歷了和我一樣的中國，
從不知道哪個時間點開始
承受了不一樣的命運。
他的離婚、打拚，
大嗓門和據說做得不好吃的麵條
不過是一代人的過度闡釋、
較為混濁的黑暗；
深沉、而並不更為黑暗。

那個腦袋被砍下來的湖北人
將同時成為談資和敏感詞
和這個時代多數冤魂一樣。
有人會記住他的一碗熱乾麵，
有人會同情那些接案的幹警，
甚至替凶手找到了更可憐的行凶原因。
只有他妹妹和兒子知道他的名字
雜在鄰店老太的誦經聲中

企圖蒙混一些慰安

讓地府也無法評判。

那個腦袋被砍下來的湖北人

他留在世上的，11歲的幼子

比他突然就茫然杵在馬路當中的屍體

更加孤單。

又將有不一樣的命運、一樣的國家

去把你單薄的身軀反覆壓碾

你的父親不過提前替你擋了

暴雨一般盲目的刀刃。

在一個非常平常的中午

在一個非常平常的城中村。

2017.2.19.

澳門四詠

一個如此寬容的城市毋需懼怕。
　　　　　　　　　　──奧登

苦難耶穌巡遊路上一個警樂手

耶穌永遠離他一百米遠
南灣大馬路上只有他
直接用鼓點敲自己掌心的釘
法利賽人永遠緊貼著他的錢袋

他的鼓點提醒受難者起步
走進受難所寄意的塵俗
我的手卻在不應該停下的時候顫抖
攪動星空的矛循聲擊響空中的肋骨

賈梅士石洞旁聽紫釵記的老人

興許葡國的詩人也聽過她的南音

才寫下這孤舟沉寂晚景涼天
李益永遠比賈梅士年輕
他有他固執的初戀

鏡湖旁邊一隅蘭草並未殖民
他也從未成為南明或民國的遺民
戲台上早已海晏河清
落子無悔她抹掉了他的棋盤

酒店發微信攬客少女

從銀河到金沙，她飛行了三秒鐘
從安陽到安道爾，她註冊微信
的手指滑行了三年
三年，足夠三千次假高潮

她也許知道奧登的奇異果實
當石榴汁淌下她的嘴角
她把自己細細嚼碎了再吞嚥
因為只有她的胃不是一個謊言

威尼斯人賭場—保安

他憤怒地教訓一個裝大的雛妓
彷彿聖殿裡揮鞭的耶穌
十年前他未能拉住自己的女兒
把身體放上威尼斯商人的秤

晚上他神祕地潛游每個賭徒的夢境
假扮柱頂上的飛獅胡謅一些福音
但醒來之後他去媽閣廟上香
祈禱特首今年還分九千塊錢

2017.3.5.

悼加勒比海的金剛

一個同行
死於加勒比海某個小島
看似被噩夢安慰的金剛
回歸地球後半夜輝煌的玻璃子宮
懸蕩在我宿醉驚醒的窗前
——我也可笑地
住在一個名為加勒比海岸的住宅區
窗前是半夜漂挪不止的港珠澳大橋
你我不是海盜王

而白天，我吃糯米雞
假裝與荷花有染
幻見你孤獨地摟著野蠻人的帝國圖騰
即使蠻族的女神愛上你
你也是你的文明的最後一人
假裝不認識藕身的催眠

算如今，徐娘全老，花木成仇
中文不過過期豔遇之一種

我們裸體的靈魂結構一樣

在人類的籠子外面散步

被深深的恐怖鎖住評論的利齒

猙獰的烏托邦太老，無法以詩詛咒

放大的沙粒充滿了我們的蝸牛宇宙

我們以黏液、

以憤怒、以鬼火，在暴雨中抄經

只不過為了後人能在我們的碑上寫下：

「他度過了乾淨的一生。」

你挽起了海。

                                        2017.3.20. 致沃爾科特

愚人節

回憶起我荒誕的一生
恍惚間那些人事都和我無關
那些不平行的時空
那些回到原點不會撞到自己的滾球
樹葉由黑暗組成，光蠶食死蔭
煎蛋不圓，咖啡說謊，遊戲的孩子突然痛哭
在那個海鹽與熱風築就的遊戲室裡
那個最小的孩子，是死神

我們一拐一拐地裝作乞丐
向我們曾經有過的幸福乞討
幸福的暴雨，幸福的錫冠，幸福的血戰
終於那遍地的玩笑像金色的矮人族牢牢地抓住了我們

2017.4.1.

鄰居們

他們觀察起我的失敗毫不留情。
今晚，右上角那個藝術家
甚至拿出了他的長焦鏡頭
我羞愧地躲在陽台一角
怕他發現我晾衣服的手勢
帶有尼金斯基的餘韻。
至於我左邊那家也有新生嬰兒
的四口和諧家庭
我開門碰見説早晨的時候
則要隱藏一些蘭波的音步
土方巽的蟹足。
右邊那夥鼎盛的印度家庭最難應付
他們想必見到我和兒子排練西遊記
也聽過我給女兒唱十個救火的少年
但我們並肩看不遠處海灣
赤鱲角機場火光熠熠
我們的絕望意味深長
默默想起羅摩衍那的殘篇。
還有住在六十五樓的飛行員

六十三樓的空姐六十二樓的空少
他們一做夢，我就失眠
我一失眠，這個叫「加勒比海岸」的住宅區
就會露出它關提摩亞監獄的真相。
他們刑求我的熱內毫不留情。

2017.4.1.

三十三間堂遇菩薩海

一千菩薩堆疊的壓強甚輕
如果我沉下去必不得上浮
第一千零一片，不拈的花瓣

但有一個悲傷的老婦擋住這海
她是樹，擎住夜空
夜空上也是我，猛火繚繞

這大星是熊，躬耕著不毛之田
菩薩不負責任，倒用鹽一遍遍洗刷
用霹靂一鏣鏣隱匿：屍首

如果我泅渡此陣生還必不是我
但猛火中一隻細手穩穩拉開紙門
睡醒的小女在樹蔭下接引

2017.4.16. 京都

過曹源池見小彼岸櫻及躑躅花

遍地都是小彼岸，你伸手，橋就在你的手中縮回。
遍地都是躑躅的花根離析，你低頭辨認路，路就化成鶴飛走。

葉躑躅，海也躑躅，羇耳輪裡躑躅，燒眼者也躑躅，
小蘭指躑躅，大方丈也躑躅。

小彼岸在我肩上沉沉壓下，小念頭碎步，聽得鶥鳴纏住刺客的刀，
一躊躇你夢見殺你的花：

在長廊上奔跑的男孩突然在荒野中拄杖如李爾王白髮怒號。
他答應來生成為你的父親。而今生，僅僅是一聲醍醐鳥。

2017.4.18.

註：躑躅，日語裡的杜鵑花名。《本草經集註》：「羊躑躅，羊食其葉，躑躅
而死。」

84

白襯衫：致林昭

我們手拉手奔跑在黑暗的原野上，
最後一道霞光僅僅照亮了你的白襯衫，
從此再也沒有人找到我們。

把祖國揉碎在血書裡，把母親託生予來世。
我們手拉手奔跑在黑暗的原野上，
哪怕明天就是我和陌生人的婚禮。

2017.4.29.

論完美

那個赤裸上身的男人
為什麼站在一縷陽光中
站在立交橋的框架裡，結構如此完美
但是已經和我無關
把他雕琢出來的手
和把我雕琢出來的手都消失在空氣中
它們表示放棄，還有更重要的事要忙
像五十六億年前的那次放棄一樣
讓我們和那獨自完美的行星一樣
但在純黑當中，有另一顆星
偷偷掏出了相機
有那麼多荒謬地無用的細節需要記錄嗎？
有那麼多生或死的肉體被千縷射線細心烹調嗎？
有那麼多敞開了裂口的心臟需要用力縫合嗎？
哦，這條路也許不能去到任何地方
我的躊躇是我全部的勇氣
在我路過的那些完美的勞工吐出的完美的煙圈中
化為鮮嫩的烏有

2017.5.8-11.

重慶，十一年後

我繞行在你的大城之邊緣
尚未進入就已絕然抽身離去
在重慶，連淚水都是麻辣的
連賦別曲都是錯別字
連呵欠都鑲著玻璃
連懺情書都押韻
那些上翹的尾音都說著下沉
哦，下沉，下沉
重慶，你那和一隻老貓獨居在李子壩的清瘦女子
她和她分居的丈夫現在怎麼了？
那個被妹妹拋棄在朝天門的姐姐
那一江突然倒流的江水現在怎麼了？
那突然紅了，突然黑了的，
僅僅是暮色中的微塵而已嗎？
昨晚的私宴上，某國領事握住了名媛的舊乳
我握住了鄰座的我的新屍體

2017.5.14. 重慶機場、飛香港機上

前生

一個男人路過某家樓下，
突然聞到熟悉的氣味，
「這好像是我愛過的人的氣味呀」
⋯⋯他上去敲門，
原來那家人正從冰箱取出凍了半年的豬肉解凍。
男人猛然憶起自己豬的前生，
但控制不住的口水令他愧不能當，淚流滿面。

2017.5.29.

夜禱

半夜裡我們躍出窗戶
面對群山。
群山舉起手掌說不。
山中未睡的貓頭鷹說不
那剛剛死去的甲蟲的幽靈說不
松果裡的一顆顆小心臟說不。

於是夜捲起鰭，收起霧。
只剩下明月在雕刻雲的台階
把我們送回 2009 年的西班牙廣場
深一腳淺一腳，我們倦極
隨海神眨眼
潛入噴泉深處。

我不能眨眼
否則會滾落巨大淚珠。
看遙遠的兩個人兒在時光深處建築
一個小教堂，小如一枚燉橙，

小火焰撑起了
小小的拱扶垛。

2017.6.11.

父親節寫給小兒女之詩

爸爸要提前感謝你們

在日子來臨的那一刻

調暗燈光，息我雙眼

開窗把最後的呼氣放走

把寒骨送進火焰片刻溫暖

餘燼裝在沙漏裡面

送給你們的媽媽

一切如我所願

一切寧靜如海洋

然後我去尋找我的父親母親

不管那海洋有多深、多麼黑暗

我們將一再穿過彼此，像自由的粒子

我們將一再擁抱彼此，一再被愛困阻

被愛解剖

被愛縫合

笑一笑吧，英勇的小兄妹

假如你們看到雲，學習它變幻而不消弭

2017.6.15.

安魂曲（組詩）
──獻給　劉曉波先生

待旦歌

今夜無法寫作，

打字意味著敲擊獄室牆上的每一塊磚，

血飼那些囚徒刻在磚上的日子成魅，叫喊成灰。

今夜孩子入睡前問我：

多少把光劍才能蓋過太陽的光？不，一億把也不能。

鮭魚始終在銀河裡逆流而上，被二千艘恆星級戰艦的殘骸割傷。

今夜無法成眠，

做夢等於把銅鐘一遍遍撞向腦葉，目擊

光扼住光的手腕，說：忘記我等於背叛一個人奔湧了千里的動脈。

2017.6.27.

蟻之詩

假如螞蟻會寫詩
將有多少詩篇書寫牠們的烈士
都是幽暗的火、冷冽的碑
抑揚頓挫的狂草、大醉
記述那些天意或者意外
牢獄或者病魔、毀謗
離散或者全滅的反抗小隊
極黑的雪同樣為牠們落下
牠們同樣會用他、她、牠稱呼
雪中僵立的塑像
相信塑像中也有黑血沸騰
甚至,牠們會把鹽、菸灰和殺蟲劑誤認為雪
擴充牠們的隱喻以及結尾有力的一句。

然而人類不會在意,即便是最慈悲的人類
也不會讀懂蟻的詩。

2017.6.28.

無敵之詩

如果雨是腥的，讓我在雨中變成剖開的魚。
遠方的閃電決意去死。

如果死是新的，讓他在死中變成懷孕的雨。
在血的激流中救出一道閃電。

如果血是鋒利的，讓我在血中變成粉碎的、潔淨的、不停息的雨！
像我那個沒有敵人的長兄一樣。

2017.7.6.

無用之詩

我不明白今夜的月亮為何仍皎潔如初，
越過窗子流連在我的床上像一個無瑕的殺手。
而明明有人在用死亡羞辱著我們，
用洶湧的癌把我們迎頭擊沉。
夜色依舊如兩千年前的正義
凜然而無用。

這一切仍然來得太遲，
這一人的支撐則太久，
雨腳如馬盤互在他身後
瘖默如馬血染濕了膠結了長鬃。
而即使是這樣，天亮後的晴雲依然像
全身消毒過的護士，迅速把屍體從我們的屍體上挪走。

即使是這樣
我們仍然相信自己活著，
相信靈魂是幻肢，仍然騎車穿過廣場。
暴雨的列陣仍然找不到般配的騎手。
深林中他大呼我們的名字，如叫魂於異鄉。
黑夜凌遲著他，我們卻凌遲著月光。

2017.7.10.

忍聲之詩

當先人的屍骨鋪滿了地球的淺層
這顆行星會否獲得新的閃耀或者黯淡之方式？

陽光下深水埗遊蕩著悲傷的薄鬼魂，

而舉國翹首，準備好為一聲驚雷送上提早聾掉的耳朵。

2017.7.12.

隱喻之詩

你躺在病床上就是這嶙峋山河躺在病床上

中國並沒有把你刺傷成詩

你的器官衰竭就是這癌變的民族器官衰竭

但昨夜，整個世界都用上了呼吸機苟延殘喘

唯獨你大口吞咬，自由的苦膽

你若遠去，人們將在大雪茫茫上打掃一切的隱喻

漢語將不再需要隱喻

只需要一場真實的、蕭殺的大雪

作為病危通知

2017.7.13.

其後，雨

在沒遮攔的街道
在臨時的屋宇
在未誕生的山岳
在停產的工業區
在首都，在邊陲
雨不停地下著
把海帶來
每一個人的肩上、胸前

漸漸地我們濕透
獲得了浪花的鹹和澀
習得了聳起或退卻
但有一些零星的灰燼
它們在海水中叫喊
說要擁抱我們
要告訴我們
火的往事

遠方的海就在這時裂開
像千具佛像

身上的縱橫琴弦

被月光一一捻起——

你已見過大海

你已經被海鹽灼傷

你的手上有血

現在是彈奏它的時候了

在默默折合的傘下

在移動的廣場

在縈迴不絕的長河

在天文台與小酒館

在故園，在異鄉

雨不停地下著

把海帶來

每一個人的耳畔、唇邊

2017.7.16.

在老黑山

滿山石化的大海驚訝這一對父女
為他們駐足，瞬間獲得遠古的秩序。
在黑河遠眺嫩江，
我們不得不放下手中獸骨
換成體內那一把
獸骨。
距離加格達奇三百公里
距離蘇聯不足三十載
我是娜傑日達，尚未生出奧西普：
丈夫、情人、父親或者兒子。
如今拎著七十年代的暖水壺
遊蕩在冷泉療養包治百病的中國夢中。
滿山石化的玫瑰原諒這一對父女
她背負我，找不到我們離開的龐貝。

2017.8.23-24.

磁共振機中回憶一場戰役

在鈍重的口弦奏響之前
騎者已經躺倒在冰河中

我驟然想起你的微笑
而不敢笑對同一具鐵棺的四壁

四壁像追擊的刀斧手圍攏過來
你教我解甲，聽肉身化蝶淒淒

騎者的雙目已經暢飲他的死亡
但他的黑駿馬哪裡去了？

所有的風都應該斂翅造影
趁死亡在音樂停止的地方臨鏡卸妝

再拉開此匣時我已是一把馬頭琴
在夷平了的地獄上醉步踉蹌地活著

2017.8.26. 懷劉曉波先生

死亡簡論

回歸原力之後
你會否惦記塔圖因星的煙塵？
我卻記掛藍奶、布鞋和襤褸腰囊
這些即使在地球的另一生
我也會自珍的事物。

當銀河系所有光劍熄滅。
在人間這狹窄的船艙，
一連七夜夢見海豚與鹿相愛
醒來時呻吟徹夜的暴雨終於喜樂，
把我從我的軀殼帶走。

2017.9.22.

生命簡論

我不是世界上唯一受苦的人。
哦，秋天，落髮中有一個森林甦醒，
山毛櫸與木耳都是我的幸福元素，
潛艇橫空，量子穿過晨光，成為性感的僧侶。
白烏鴉猶豫著，離開平壤和紐約。

五十年後你將回來撫摸我的嶙峋山脈，
驚訝於豐盛的江河依舊斜披其間。
當你我手執斷澗與熵
聲言要在每個世紀再死一次。
我不是世界上唯一永生的人。

2017.9.22.

註：「你不是世界上唯一受苦的人。」──查爾斯·西密克

過裕東苑舊居

沒有人在當年的窗戶俯瞰我們走過

當年我推窗俯首也沒有

看見這一團難過的烈火中焚燒著的你我。

居屋旁邊山坡上羅列的松樹如箭紛紛

射向那個仍不肯放棄圓缺幻相的月亮

它在另一個夕陽照亮的山崗上空隱現

是扔向未來那個孤獨老頭的一面鏡。

更多蜂擁的光背在滑梯與鞦韆上飛起的兒童們身上

他們是我們心臟的流星，如箭紛紛。

哦……我捂向傷口的手卻伸向了你的耳蝸

我掏鑰匙的手掏出一縷縷岩漿

我用擦拭眼睛的熔岩

壘起了一座微型的博物館

展出一支在夢中異域全滅的大軍。

2017.10.3.

在深圳

2017 年，深圳並沒有比 1987 年更科幻。
夜車依然路過「錦繡中華」，
我們能說的話越來越少，開口就是錦繡
的針腳如麻。

我的胃裡是未來的白酒：向內整肅自己
宿醉如努力。
拉開「世界之窗」，晨光如子夜般硬
而無用。你躍出窗的幻影已被格式化。

海景漸漸縮細成為 1907 年一條死去的河。
我爺爺的辮子在他父親手裡攢著。
我們能說的話越來越少，開口就是小人國
的盛世煙花。

2017.10.12.

沉默如何顫動

時代的聲音頻頻震顫著我的手機

這個颱風過後的早上

僅僅是我的手機被叫喚

參與那些虛幻的激情

僅僅是一些聲音在冒充整個時代

它們左右著我的同代人

讓一些人選擇了高傲的死亡

更多人選擇了虛與委蛇的舞姿

但聲浪也會凝固，火海將變成貝加爾湖

陽光穿過窗外洗刷玻璃的工人和我之間

我們都感到痛苦中有解脫存在

我們都打電話給自己的母親、妻子和女兒

彷彿自己已經成為一座森林，所有細語

都在歷史中甦醒

我身體中的每一隻鳥兒都在羽毛上觀察風的沉默

沉默如何顫動死神的琴腔

2017.10.18.

未來百年備忘錄

公元 2100 年，俄羅斯與中國
將為了爭奪西伯利亞而開戰；
日本和美國，為了爭奪澳大利亞而開戰
人類消失一半。

這和我無關，那時我就算為了你還活著
已經一百二十五歲，和年輕的尤達大師一樣老。
而松蕨將爬上我的小腹
翠鳥鳴唱如我的陰莖。

多少愛，大聲疾呼，最後如爐灰般哭
它們咀嚼星辰，把痛苦鑲嵌入牙縫。
弦運轉如一，沒有熊在意宇宙
是一顆一顆松果開裂。

然而今夜就是今夜的醍醐
2017 年已經足夠荒蠻，拉近我們的身體；
我把一對蝴蝶從我的膝蓋移到你的膝蓋
我把一場雪剝落，自我喉間未發的禱告。

2017.11.3.

十月革命百年祭

立冬，蚊子最後一次造訪
遠方的游泳池已經放空
像一張燒過的地圖
波將金號的一碗冷湯泛出金色永恆
台階上滾下的嬰兒車中的老人永恆
沙皇的皇子透過胸膛的一串彈孔
更清楚地看到了帝國
永恆的玻璃內臟
叢林中一隻胖手指咬疼了電話
列寧同志為他百年消瘦

貝加爾湖畔的護林員
依然懷念葉賽寧和布爾什維克
雖然方圓百里，每個人都是少數派
把票投給拉斯普廷的陽具
暴雪從西伯利亞
碾壓到波蘭
精靈的胃裡都是陳舊的鬼魂
你說的革命是什麼意思？

你說的英特納雄耐爾

能否與我的奧西普共舞？

冰雨，冰雨，你有一個光明的前額

憐憫海參崴，也憐憫赤都

如果我的火車在邊境線上停下來

那意味著它已經吃光了

埃及的瘋牛

它的漢字不夠支付未來的凶年

它的死刑判決書寫著古米廖夫

也許樂園早已重新鑄造

人類的愚昧史

並沒因此增加它的厚度

2017.11.8.

夜車高雄北上

大塊燈火如割剩的田野
猛扔進中年的黑洞
呼息寂靜任由高鐵的利輪碾磨
抱著女兒在每節車廂之間窺看
蹲地而睡的鬼魂是我
空置的電話亭裡打不通電話的異客是我
在不存在的岔道口把快車扳到另一條鐵軌的野孩子是我
女兒，你快看，這都是日後你將愛上的人。
在左營沒有上車，背著軍刀苦苦尋找仇人的老兵是我
大塊燈火如熄滅的心臟
揮灑在蝙蝠群的豔舞中。

2017.11.18.

感恩節

孩子，你的父母就是
餐桌上閃閃發亮的那隻火雞
那怎麼辦？

孩子，你的父母虛構了一張
圓形的餐桌，卻沒人圍坐
那怎麼辦？

孩子，他們有一千種
吃掉你的方法
那怎麼辦？

我們只有一種升仙的方法
和印第安人的煙一樣
在傷膝溪閃閃發亮

在這廣袤大地上
被驅逐出境
把自己拔出玉米的坑

把小玉米的血舔乾淨
在黑色星期五
廉價賣掉

2017.11.24.

無家別

日後生活在這片土地上的眾人
請記住 2017 年冬天

曾有千萬人在自己的國流離失所
日後他們將以今夜攜走的東西為國

一台洗衣機，或一雙破皮鞋
彼此撿拾遺失的作為憑據：一隻喜羊羊

父親扮成的，或一隻看不清面目的灰太狼
日後他們將以今夜放棄的東西為家

大城邊緣的落日，黑暗車窗外的急山驟水
鉛筆在地圖上折斷，手機失聯

他們將保護他們的杜甫，向追兵
獻上頭顱，如春韭，他們自己成為野火

又或者不，這大地上蟻穴全無

待我們取出銀水倒灌的珊瑚後一切全無

此前一張廢紙上別字橫生
此後欲渡黃河亂墨瀣難

請記住 2017 年冬天，獵場上
殺氣如虹，和過往每一個冬天沒什麼不同

2017.11.27. 記北京迫遷「低端人口」

在我們年華的荒野

在我們年華的荒野，
諸星游弋時，對我們的眷顧稍稍鬆懈，
我得以再度迷路回到威爾士的草叢中，
回到野兔敲擊的電碼中，
AI 無法破譯的，我在裡面迷路
一如自覺的菩薩。
深愛著「深愛」二字
因為水光閃爍如蛇，
當我在下龍灣那艘幽靈船上歸來，
失陷的公路上我見到落跑的戰士，
車燈照亮他的臉
讓他成為一夜的閃電之神
享樂他的自戕。
我在那一線溪水中磨墨，
在茶屋裡設床，光頭的雪是我的客人，
我們並無做愛，僅僅說起她早逝的情人。
著蟬衣我們瑟瑟到泳池裡過冬
直到和紙上的字一個個消融。
抹大拉徒喚基督，

熱淚可以連成馬戲團的走索，
你熟悉這長睫毛之間的溫潤，
葵芳工業區那些老得忘記了歲數的婦人
她們手中也並沒有一個星際導航。
來，讓我親吻你蓮花瓦中
精緻的小骷髏。

2017.12.13.

聖誕樹的故事

太陽徘徊在舊工廈的頭頂，
一個男人拉著一棵小聖誕樹
走在長沙環道。
等綠燈的時候一恍惚
想起了三十年前母親
不知從縣城的哪個商店買到
一棵更小的聖誕樹；
根據兒子看畫報的描述
她還配上了彩色小燈泡，
照亮村屋最後一個冬天。

太陽徘徊在土路的兩旁，
一個女人的自行車
載著一棵小聖誕樹。
她不知道耶穌和瑪麗亞，
直到六十歲。
她比她的兒子還要年輕，
在 1987 年
白霜在她堅硬的臉上隨意塗抹，

她一瞬間想起了
十二年前的人民醫院，
零下三度，薄被一張
包裹這即將分離的母子。

這一切和你無關，
也沒有天使撲翼在雲間。
1975 年，三個博士
死在公社路口；
黃金、沒藥和乳香
在烏托邦的交易所節節上漲；
我們只有一棵聖誕樹
沒有約瑟或者別的木匠。
我們只有一棵聖誕樹
蔭蔽螞蟻一樣的母子。

2017.12.23.

懷疑論

我懷疑聖誕老人
尚未誕生
但我還是把襪子置放
在黑暗中央
因為我相信我父親
硬骨頭扎成的雪橇
走過蒼蒼，常見餘轍縱橫

我懷疑希律王
尚未誕生
滿城的嬰兒茁壯成長
我還是把稻桔編成小花環
從粵西鄉下的田壟
擺放到奧斯威辛的爐前
點燃，為星球取暖

我懷疑
耶穌尚未誕生
我們每人都是一堵哭牆

砌滿了對幸福的背叛
在迦拿地方的婚禮
不敢喝酒
走過各各他，低頭不語

我懷疑
這首歌謠，尚未誕生
提琴共鳴腔所用的良木
還在我小母親討山的手上
琴弦還在她未落的淚中
當神借重擔為琴弓
擊打她赤紅的肩膀

2017.12.25.

重看《星戰：新希望》

千歲鷹
凌犯死星之際
鬧鐘響，藍光碟暫停。
我陪兒子入睡
夢裡沿絕地之刃攀緣
鷹的影子喚醒我
兩條河同時流入一隻手腕
雙脅下潺潺——一座山辭行
在古代——光速人殺伐殆盡
無論躲在哪雙沉默之唇
神總能找到並準確熄滅這一盞燈
無論那雙唇拒絕還是接受一吻
我的守夜也不會再磨礪凱伯水晶
那些酒吧裡崩潰著的外星人
分飾著我的穿幫
那沙海裡剔透的巨骸獨得最佳服裝獎
那些瀰散在等離子光束裡的
克隆無名氏
戴著我的面具在好萊塢獲得永生

那些《宇宙鋒》荒腔走板

當時光如黑帝來襲

我成為我星艦上的祖先的替身

細辨廚房中蟑螂的性別

點數浴室中榕樹的氣根

把白旗上的黑骨灰吹乾淨

把剃下的白鬚屑收攏

傾倒回夢中沙墳

噓——靜極

有人為光劍尋找到我的血肉之橋。

藍光碟懸空介錯，投影機裡

莉婭公主一再欠身

把乃兄拉回命運的小深潭。

2017.12.28.

3

第三輯

攝影：廖偉棠

母星

我們尋找一間停業的外星人博物館
像兩個賈木許電影裡的角色
因為繭殼已經蛻盡
我們把鄉音斂入舊翅

半夜在陌生旅館醒來
寒意依舊是香港的寒意
胃裡的愛玉冰化不掉
昨日的蛙兵在潛泳，匕首未收鞘

兒子的腳擱在我的肚子上
暖意也依舊是香港的暖意
夜拋棄我們如一隻巨大的蝙蝠
我們不斷上升，銀河中一條倒淌的支流

徒然呼喚母星，我們心臟的特務
有人在遊樂場一角的火爐塗鴉前面
聚攏了真實的火苗
發動簡陋的飛船，我為復仇者引路

2018.1.27. 台中

124

重訪艋舺

阿公，毋招我魂。
事實上我早已在清朝的一場地震
或者瘟疫中死去
於是所有矮窄昏暗的旅舍
都是我曾焚稿的病榻。
於是所有堅韌潮濕的陰道
都是我再生的楊桃樹——
捕逃籔。

阿嬤，毋棄我船。
街角的女子沉默如山羊
長腿上的細紋流下一串銀光
我跪下擦拭她們以莽葛之鋒刃
而得以成為菩薩。
哦少年仔你在説什麼？
你襠下的短刀割疼了巷裡踉蹌的風
哦阿爸你在説什麼？

阿爸，你的刺青篡改了

雜種的死亡。

你的檳榔嚼碎了漢陽的槍托。

阿妹，我們可以一起變老了。

2018.2.8.

一個中國人在戊戌年

好幾天了他的手指一直

在手機上滑動一直

伸不直那隻中指

好幾個月了他哭著笑著一直

手指在手機上盤旋

學燕子飛鴿子轉這些東方的動作

他一個人的冬奧會

好幾年了他的憤怒滑得停不下來

嘴裡喊著臥槽你不知道他是讚嘆自己的技術

還是著急自己壓根停不下來

直到把火壓進冰裡

他可以拿去世博會展覽

就像清朝人一樣就像 1958 年一個公社的標兵

他夜出殺人而改天引頸就戮

「不會不會，怎麼會呢」

天眼監控裡

他的表情包永遠那麼可親

2018.2.28.

清明遺書

吊祭不至，精魂無依。必有凶年，人其流離。

——李華

最後一片草刈倒之際
水聲與蛇跡也截斷。
墓畔繞行
最偉大的鬼都沒有墓。
「最顯赫的人都沒有地址，
你記下來：最悲傷的日子
都沒有酒。
只有貨輪吃水深重
往地獄運送雲的手指千噸。
假如我不是死於昨天，
而永遠永遠死於明天，死於
這個民族發明的無數延續的清明，
黑浪參差，舌燦桃花的綿綿祭日，
每一個人執筆都在書寫我寫過的遺書。」
「先生請說
此地缺血，但不缺墨水。」

「我的骨灰

濡魚以夢，一切從簡，不生飛沫。

我的病歷

散與國人，任由增刪，都是落梅封喉。

我的詩句

編織輕舟給我的愛人，過萬重山。

我的手錶

滴答響亮，給我的兒女，倒數鐵馬冰河的夢境。

我的遺稿

付之一炬，只有火配得上它的焦灼。

我的金錢

給陌生人，購置駱駝，或者沙漠。」

「萬山糾紛，河水凝滯，則學生小子何為？」

「大江大海，能留幾部殘卷？

當行言語未踐之地、

風未肅殺之秋，

來日大難，利斧上落霜，是人間之鹽。

冬日提水，確保深井尚未封凍；

春來緩歸，須知花開陌上依舊；

夏日閃電，劈開荷葉青莖，則鬼魂回來

講述哪吒的血。」

「終不是袖間閃爍的饅頭吧，不是網上交遞的快郵？

我把鋤頭埋進沙丘，因為我守株而獲，是兔子的血。」
哦讓海嘯把世間家宅一一點燃，
億艘星艦往來的未來
請忘記這粗糙的悲傷！
請忘記一場戰役，僅僅由一個人利鏃穿骨，驚沙入面；
請忘記雨紛紛、欲斷魂，只記住何處酒家、牧笛一聲。

2018.3.28. 祭劉曉波先生

血親（組詩）

祖先

化成樹枝之後
他們開向新的物種
拋棄我們，任我們腐爛

曲折伸向黑暗
之後，大水捲過橋樑
除了魚的屍體，不留下任何泡沫

但為了傳一朵梅花
他向明朝投降，奉上甲兵
為了未來未知的千人，腰間佩一朵血花

父母

田疇、車間、沉軛下
他們辛勞一天，然後偷歡

換取更多辛勞：水泥、數據、屠刀。

別人的孩子在漩渦中遊戲
自己的孩子在乘風長大，其實一樣
他們無暇賭博，已經清兜。

漆黑的當代史和他們無礙
似乎。他們行禮如儀在晚年
準備好了兔罟和燈籠，為新尋的寵物。

夫婦

剝削舊了的剝削，如古代的龍
不認識另一條龍
假如噴火趕海，不外乎做飯洗衣。

同床異夢，不如異床同夢
在虛擬的劫難中再愛一次
她深夜來訊息：你的涸轍仍否濡濕？

就再去廚房把火山積累

再入浴室盈滿三千弱水
取一瓢飲，成為彼此的鬼，醉一世。

兒女

我們手挽手走進他們的遺忘
他們手挽手走進各自的未來
未來手挽手拭我們墓碑。

像古舊的一滴雨追趕另一滴雨
在車窗上，無窮地追
直到在星船上，變成黑洞空虛。

我們寧願神隱在最後的一滴雨裡
張望蝗蟲密佈的荒蕪年代
等他們再度來臨如春雷。

2018.4.13-17.

度亡

我常常在深夜去廚房擊殺那些小蟑螂。

不是因為恨和厭。是因為牠們太像人類：為了在地球上繁衍而不顧
尊嚴打滾在食物和垃圾之間，還帶著同樣可憐兮兮的子孫。

牠們還讓我想起一本主要在一次大戰期間寫成的詩集，

名字叫《人類的黎明》，過半的作者死於非命。

我就是牠們的黎明。

2018.4.19.

夜宿碧潭，憶黃粱

舊患隱隱作痛
一如此刻枕下碧潭
瞬間入睡疑在飛機上
巨翼傾斜穿越雲層，風雨雷電
我從床上滑下雲端
醒來之後是明月高掛，半宵無眠

那時我沒有愛過幾個人
看見碧潭時已經傍晚
一池空苦，盪出純白鴨艇
看不見的父親在用力蹬，妻女脆笑
陪我一起臉紅的老虎，其實
比我今天年輕不少

那時我們倆的清貧
加起來像一瓶清啤
在山腰收割著十八年前後的雲
直到大陸荒蕪，列島把我們忘卻

滑翔於此月夜
然後被滿空砲火擊落

2018.5.1.

五四老人

五月四日的早上
我夢見一個老人
他說他經歷過五四。
「我沒有死，我怎麼會死？
我只是從根子裡爛了，爛出鈾礦；
我只是不朽，鑑賞寄存名山的獨舟，
在葬禮上可以自己選擇
西式或者中式棺木，
一如當年在婚禮上選擇丁玲還是蕭紅。」
他幽默，飢渴，或有餘哀，
但我的夢催促我該登船了，
他的江河急速
涮下十幾代人的青春，如火鍋。

2018.5.4.

雨中車出南京南站赴合肥

請忽略不開心的百分之一
人民已經過上了幸福的生活。
雨水中甚至有未拆的教堂
陽光房也依舊在樓盤裡等待陽光
一座座吊塔像盡忠的衛士
庇護著橫流的什麼
指點著欲來的什麼。
請忽略停駛的百分之一
列車已經把驟凝的冰碾進鐵和火。

2018.5.6..

十年

一枚十字架尚未被旅遊紀念品商店
變賣的時候，更多不能紀念的物品
被眼淚凝結成小小的教堂

眼淚的潮氣模糊了你的眼鏡的時候
更多人的眼鏡依然在瓦礫中粉碎
它們記住了最後相依的眼神

瓦礫在漸冷的身體上挪開的時候
更多的瓦礫在還流淌熱血的身體裡堆積
它們想要重建什麼，什麼旋即倒塌

活下來的身體在十年間不斷彎腰、伸直
不斷磨損、洗刷、紋刻、塗污、拓片、掃描、矗立
代替一塊小小的骨殖，成為一枚懸在胸前的更小的校舍

2018.5.12. 致王怡牧師、譚作人先生

上海誤

我替你饕餮世俗吧
我就是那個無恥之徒

像雨水中，你的螞蟻與蝸牛都努力活著
儘管沒有意義

人與人說的話，走出墓園就會被忘記
不如翠竹，狂草於天空與道路

在提籃橋，愛過的人不再被愛
在尖刀上，錯誤依然押韻舞蹈

2018.5.19.

無家別
──「六四」二十九年祭

我的廣場在高空移動

從自由之繩結到自由之獄

小如方寸

遠離另一個廣場：更小的，如彈孔般

從舊傷到更舊的傷／核聚太平洋

那人緩緩站起／那拉撒路

在亞皆老街死得像一塊想飛的磚

有人用來在地上引火寫字

二十九年前

二十九年前，此世依然燙滾

使百合花瞬間成灰

我俯首深淵時能見到我城由錦灰結成蛇鱗

無辜小娘的妝容，伊的白衫伊的 1967 年

二十九歲

在我吻下去之前洇紅了前襟

我的香港，停靈至今

我的中國，迷魂至今

我的台灣，扶乩至今

伊拔下第一根銀髮
離開前放在我的枕邊

2018.5.31. 飛機由台返港

過金鐘道至軍器廠街

當年鮮剖開的悲傷
曾讓飄帶頓感疲憊
這裡曾經有修女下跪
也有老人砸啤酒醉在盾牌前
錯櫛的道路如亂髮浸入深水
而我們潛游如銀 ……

今天炎陽烘乾舊患
舊歡的疲憊帶來新悲傷
警署門前吶喊的已經不再是我們
而是被我們吃掉的父親和祖父
他們的魚骨被編進某件白衣
風吹過盪出細浪之腥……

轉眼〈狂人日記〉發表一百周年
為了表示紀念
是日有人去警署辦良民證
證明自己肉質依然新鮮

救救孩子，救救餐廳

昨日之怒咧開菠蘿的臉。

2018.5.15-16.

蓆缺

總是在命運微妙拐彎處
故人前來夢中叫我留步
晨光短暫凌遲一池遺墨
機車轟鳴與蟬聲相催促
像我與他們曾協力前衝
加速過火山激浪與洪流
直到成為奢侈開花之沫
鋪一張榻榻米地獄之側
其實不過一盒火柴甦醒
燃盡所有磷與烈日應和
鐘擺停止在我降生前
感謝晨光慢慢缺蓆
讓我一睹彼岸花

2018.5.27. 台灣林口

悼一枝筆及無數時代

> 屬於那個時代的一切都不存在了。
>
> ——劉以鬯

七十年努力活著的不只是一枝筆
那些喧囂，走過或搖撼過你的窗戶
有時只是一段短波廣播的嗡嗡
進入或者遠離你的稿紙
有時只是一隻蒼蠅喝醉
你說：努力活著吧，無論為了一碗雲吞麵
還是一件西多士
在陰霾滿天的時代
給另一個時代，七十年前的自己寄一張
沒有地址的明信片

有人在乎你的太古城單位
有人計算你賣掉的字今天值多少錢
你說值得在乎，值得計算
歷史為我們加了一個註釋
我們才是自己的隱喻

明知終點虛無

仍然把自己送上舞台的，我們

盡可能把一場場暴雨切成碎片

蘸點蜜糖，方便下嚥

七十年努力活過的只是一枝筆

與無數鉛字、塗改液、鐵尺和網絡較量

獸群在陽光中遊蕩劫掠

只有你淡淡地摸牠們的頭

彷彿牠們是你的兒子

給他們一個個他們記不住的名字

給他們一堆無法繼承的遺產

就像某天你吃力地向我問路

但還是朝著你早已選定的方向走去

而我樂意跟著你迷路，一陣子

路消失了，我們只能再掏出一枝筆

2018.6.11.

晚安詩

打開冰箱，沒有酒
只見過去的自己赤裸
裹在保鮮紙裡
不肯和我說晚安

2018.6.14.

智慧齒開示

斫成三截
它才肯離開我
如此頑固的智慧
和兩年前右邊那隻一樣
抵抗手術刀、鉤子、鎚和鋸
以一種無用的剛毅
說拔出我就拔出死去的龍血樹
「畢竟在你身上長了十多年」
畢竟齲齒也開悟空白
摧折金剛杵

如此痛的智慧
如此銀鐺墜地的智慧
交付三千塊手術費之後
我獲得一張「脫牙後須知」
和四段連結空函的線
把智慧鎖死在漸老的肉裡
須知我的右腕六針鎖死的十六歲
須知我左腿血痕裡凝固的女兒

須知我後腦上四針刺青的兒子
須知我右肩上消隱的愛

然後這補丁皮囊或許有資格渾沌起來
在體腔的深空游過群魚

2018.6.21.

哀悼愛人

儘管每一下撥弦
都是告別的聲音
我卻等了兩個月
才能死你所死
我愛人的名字
森田童子
假如我是狡詐像巴布・狄倫的人多好
假如我是早夭像你十九歲告別的
流彈與刑求中的人多好
假如我是 1989 年流亡東京的人
多好

昨日的血
還在缺齒間下嚥
無法下嚥的
我愛人的名字
你一生都在挽留的是什麼
你在一塊冰塊上刻鑿的書信
是寫給誰的

你的體溫能融化這些字嗎
莫洛托夫曳過極黑的夜的時候
假如我是臉上烙下了火藥的人多好
假如我是雙手被吉他弦絞斷的人
多好

2018.6.22.

好男人

1
一想到那樣會導致房子變成凶宅貶值，
他就放棄了在浴缸割腕的想法。

2
每天清潔吸塵器
一絲一縷
他細心地扯下他們當天死去的一部分。

2018.6.23.

超級月

超級月波動所有的兒子
不波動父親
我掙扎我是漸凍的潮汐
遙想著我曾經水手的父親

超級月波動所有的雌性
不波動雄性
我悲哀我是銀亮的桂樹
靜對一把銀亮的斧斤

超級月波動所有的異鄉
不波動故鄉
我若成舟我將無處綁纜
我將成舟我竟刻痕滿身

2018.6.30.

桂林夜訪梁漱溟先生

廣場舞大媽們標示了
您的墓地的位置
而不是標語和宣傳牌
這很好。山岩奇崛難平
不妨到此坦然少許
夜雨飄潑放浪
也不妨到此躊躇。

多少人記得您的一問
只有土地本身記得您的答案
用繁茂遮掩，用無常奉獻。
遠在兩處的骨灰
是中國的兩個句點，
此外所有的文字增刪
都被紅墨水塗黑了
再以黑墨描紅。

今夜在您墓前

我想起一個嘗試接住
您的提問的人
他的骨灰更分散，每朵白浪
都是他的墓誌銘。
當亂石如失明的大軍
唰唰向你們移動
你們展開全部的寬恕
接納下那些未降的靈。

2018.7.8.

天亦老
——別西安贈維權律師李君

天亦老，何況大國古都
鐵雨鏘鏘與肉身擦肩而過
我俯瞰長野上
渭水間隕落的星辰
橫劍在掌中取墨
寫給一座幻方之城裡的新人

幻方之城，你我獨醒
承受日光之傷
颯颯脫去五彩留給做夢考古的人
隨便折戈斷臂髭髮
三年前今日
寫給七月之囚中的磅礴飛霖

飛霖未散，而草木一笑一春
撫摸酒盤邊緣有律氣激盪
誰願意出陽關
誰便遇見群山皆是故人

你從墨池裡重新牽出一匹白馬
蹄印灼灼，寫給深土裡的種和根

2018.7.10.

光手裡

孩子，我以耳語，把你交到光手裡。
——曼德爾斯塔姆

光手裡的核，一星半點
鐵丁香
你腳踝裡更細的，鐵鱗
帶走了囚籠的一小塊

光手裡的人子，偌大居所
燭焰上的帳篷
走鋼索的人
你角膜裡更大的，冰海

寄語啞巴
光在你舌頭下安睡
快在黑暗裡剝橙
把整個夏天嵌進你的指甲縫

光手裡的核，一星半點

鐵丁香
廢棄的集中營暴雨進駐
是的，我是暴雨，尋找落髮

2018.7.12. 致劉霞

客居帖

院子現在睡了，
生銹的客人像下了一夜的雨
草書著流水帳：
雞蛋花樹是我兒時的兩棵，
但我的童年和母親沒有遷播過來；
鮮黃的喇叭花是新開的，
但泥土裡的小蝸牛不辨我的蠻語；
肥胖的蜜蜂在柑橘花間忙碌，
木瓜沉甸甸但還沒有成熟；
我十四歲時迷戀過歌德的〈迷娘曲〉，
被她的乳房充盈過的手
如今互握成一把擰乾的荊棘。
哦，小裝甲船如刀刈開幽暗，
一隊微型的龍騎兵在我的床腳操練：
「瞧，這個人！我們應該奏起銀樂
把他由客人碾成客塵，
把他的魂兒寄蟬鳴。最高枝上
會有晚櫻飽蘸了風露，代替他畫夢予無常。」
院子半夜醒來，

看見我外祖父難過的鬼魂如郵差
把一首母親的詩塞進我的窗縫。

2018.7.24.

賦別之失明症漫遊

在我離開這個城市前夕
她打破了我的眼鏡
一整天只好像在一隻水母的體腔內
呼吸無數微生物的體腔
東涌、青衣、旺角、太子、葵芳⋯⋯
我們被撲面而來的美與醜吸食、溶解
和她一起化為烏有

蘭桂坊、天后、九龍塘、荃灣⋯⋯
我如盲人重訪
我的私人地圖，看不見的兒子
回到五歲、四歲、三歲
替我引路。我拂去落到臉上的花瓣
那花瓣由此城持續了百年的光和熱組成
最後卻積雪如劍川

取回重鑲好鏡片的雙眼
舊情人叫我再看一眼
她的魚尾紋

是否已經游到一塊玻璃凌空粉碎的界線？

醉酒灣、馬灣、伶仃洋……向西向西

我被暮光拭去身上雜亂刀痕

夜了，如降下島旗，她合攏我的眼簾。

2018.7.31.

聞政大蔣中正銅像遷華興育幼院

據説孩子到六歲會第一次丟失自己的魂魄，其實不是，有的人把魂魄留在了育幼院，有的人隨身攜帶，漸漸稀薄。

有時你聽見銅像吹口哨，並不需要別人叫他一聲校長，而是問：瑞元，蟋蟀呢？那隻中國的蟋蟀呢？

「弗受繩尺」的頑童，殺人五十年，七十歲才學會坐下，一百歲再受繩尺，一百二十歲得自由。看銅的深處、草的深處，郎騎竹馬來。

一匹全中國都不存在的竹馬呀，一個不存在的中國。

2018.8.11.

假裝在西伯利亞

喝水時要讚美星空
伏特加旋轉了星圖
懷中小女如狐狸捲縮
隔窗我們喊雪，染了松枝

我們的鄰人低首出門
是白熊走進酒窖
學習她做一個寂靜無聲的夢
夢裡全都是未曾愛過的故鄉

陽光當頭的時候沐浴
某人從自身剝落，餘一部黑白影片
安德烈？阿廖沙？「我的初戀
早已死於 1941、無愛之年。」

隔窗我們喊雪
半夜待雪喊我

2018.9.2.

颱風前夕

玻璃屋徹夜被雨包圍
蝙蝠在籬笆葉叢裡鳴叫不已
就像一個夢
我愛過你

等待我們在網上直播的
此刻是恨的濕度、水位
我第一次打傘走出黑暗的庭院
弄亮最後一盞監視我們的燈

熟睡的兒子和女兒
一會還會一再醒來
但現在只有雨的聲音了
我藉著微光拍攝蝸牛、獨角仙和蚯蚓

拍攝山櫻樹、木瓜樹和仙人球
拍攝自己，和
今夜所有努力活著的生物

那隻蝙蝠卻總找不著

2018.9.10.

陪初初看布袋戲

隱身人請來這一台戲
一人唱作唸打都為了你
我樂於屈從那隻伸進我軀殼裡的手
我感激隱身人暫時沒把我從你眼前收走
秋天令這掌上小國也風吹草低
月亮是一個井口我們卻在其下開拓了萬有

2018.9.25.

原罪

想到那些我未曾踏足的地方
比如說：南疆
這從憧憬變成了命運給我的懲罰的地方。
身為漢人，就算裝成日本人越南人
我的手都是血污的，我的心都是蒼白的。
我也許一輩子都不會踏足那個地方
就像巴赫曼一輩子
都不能跟策蘭相戀。
如果我自殺，我僅僅殺死了一隻燕子。
如果我起舞，我何止喚醒了一把彎刀。

2018.10.3.

報復

昨天我殺了六十隻螞蟻。
今天就受到蟻神的報復。

悲傷的妻子擲向我的玻璃杯
其碎片的數量竟然也是六十片。

我一片片撿起它們
讓牠們一口口把我啃完。

2018.10.5.

讀韓志勳畫忽憶司空圖詩品得九絕句

脫有形似，握手已違

他從身上的一滴雨邁出來
與自己交換閃電
他把耳朵摘下、藏好
一夜雷聲徘徊於一隻蝸牛的影子

所思不遠，若為平生

當世界降為二維
他終於騎上童年那匹馬
死時的血就是閒時的那杯茶
一低頭一個宇宙滴下

流水今日，明月前身

月亮它不敲門就進來了

枕邊人正夢見自己在巫峽趕路
隨便愛上誰，就上岸浣衣劈柴半生
欸乃一聲他的夢中有一泓寧靜海

行神如空，行氣如虹

空行母漸漸隱入碎金
孔雀喚起千眼裡的朦腫
少年在高原上俯瞰氤氳
意外看見太陽之妻的小乳玲瓏

俱道適往，著手成春

二十年他奔走在山蔭道
佯裝不知攜帶花粉於陰陽界
人間的遊女若要留他
他在詩卷上圈一個句號從中飛走

觀花匪禁，吞吐大荒

當世界聚攏過來把你圍觀
你必須抱緊了花蕊夫人
歡喜一夜便綠了萬里江山
而雪落千年不過鬢邊一喘

道不自器，與之圓方

觚不觚？酒葫蘆給我
還你諾亞方舟
趁晨光未明之際偷走我吧
罰你弱水三千，無處求劍

如不可執，如將有聞

他在海螺裡迷路
斷袖中一些漢字都是殘篇
也可以寫契約也可以切結成書呢
我讀著都是〈摸魚兒〉的平仄

荒荒油雲，寥寥長風

他從身上的一滴雨邁出來
從此地球進入旱季
我和他握拳道別，回到未來
在深空裡蘸墨，析分出古代的五色

2018.10.13.

註：靈感來自韓志勳畫作〈丹雲，冷雨，熾風，速雷〉、〈宇頌〉、〈凝章〉、
〈凝語〉以及其他圓形主題作品。

雪

他從今天起消失蹤影，
十年後有一天突然發了一條近況：
昨晚我夢見林口下起小小的雪。
但那時候已經沒有人在用臉書。

2018.10.19.

兩歲

她總在下午三點準時醒來
放聲痛哭這個人世
或者抽泣不已
她知道西西弗斯的一些祕密
就像我的童年
黃昏時候總是臉紅耳赤
為我的世界感到羞赧
其實那時混亂的星辰正在高速穿過我們
星門在我們的小肋骨中間打開又闔上
我確定：我見過你
站在暮色裡用長袖子擦著眼淚的小女孩
一支藍色艦隊憑空靜懸在你後上方
就像我掌心裡即將擦去的一首詩
而四周的人都在建築著
不屬於自己的屋子

2018.10.26.

遊子吟

離家一光年，回去做一天兒子
做廖國雄和黎愛容的兒子
忘記自己的兒子
忘記光年在我們客艙外殼上的痕跡
忘記那些松鱗和激流的比喻。

三人一起坐火車往蟲洞去
「上一次我們仨一起旅行是你三歲的時候」
我記得，肇慶或者廣州或者月球
記得環形山相套如掌中小手
記得鐵路如你們的鐵骨消瘦。

2018.11.8.

無常

「你要早點睡，睡多才會長高，

　人是睡著的時候長高的」

我彷彿聽見水仙在黑暗中搖頭。

「可是我不要長高，

　不長高就不會死了」

「人都會死的」

於是諸神沉默，羞愧。

「不過我相信有的人死了會到另一個世界」

這樣，孩子啊，此刻有人在另一世界

輕輕把輪子從我們身前移開

諸神啊

至少請為她敷上香膏

在她累極了的手指和腳弓上，

至少如此。

2018.11.13. 送李維菁

無情遊

如果我死了，我要再死一次
回這大悲陽間來。
路上風光恍惚，水鳥正相呼。

2018.11.15.

斷掌

：斷最末端的一椏
我是海裡來的怪胎
脫軌機關車
陸地與島嶼的良醫都不敢接駁

（照 X 光的男孩讓我脫
掉多餘的神經和肉、肺腑
並贈夜市的阿孃
只剩一副骨架）

：只剩一副骨架
斷最細微的一椏
我是隨零雨而碎的海
戰艦與方舟都不敢撫岬

廢姓，廢性，廢除廢話
拔一隻白烏鴉在切結書上畫押
我用殘損的手掌⋯⋯
這一角，是一個被格式化的故國／

2018.11.22.

哀歌
——送孟浪吾兄

厭倦了悼文的一年
死亡仍然發來約稿信。
它那麼熱，被自己的雪燙傷
它日復一日下著自己，下著髒繃帶。
我們的酒杯，全天下的酒杯
在暴雪中只砸剩一個
鋥亮地、屹立著像一個流放者。

然而在父兄全歿的宴會上
當以此酒為大！
當你脫去行腳的袈裟
露出被鹽祝福過的肝膽
你說，我們該多麼厭倦有一個祖國
它不咀嚼，只是吞嚥。
它不哭泣，只是尖叫。

不須攙扶，你從病榻上升起如一束水晶
那麼鋒利，那麼透徹

是北方的沼澤不可能有的事物。

你説，我們該多麼厭倦那如影隨形的鬣狗。

我們只是在逆旅的客店

久久地觀望一顆星。

我們只是，把骨頭攥出了掌心。

2018.12.12.

一年的最後一天

一年的最後一天
飛機向北
赴舊雪之約
清寒在我兩臂刺青
讓我誤認那是羽毛糾紛

從故都到故都，一輪月亮的圓缺
從民國到民國，二小時關山難越

一年的最後一天
烏梅向海
浩浩湯湯的記眷
浩浩湯湯的決絕
扼腕如扼酒杯

從末世到末世，七歲兒癡望深空
從骨肉到骨肉，星際躑躅

明景　幽懷

晚虎　慢燭　銀山丘
高鐵敲快刀　落葉滿玄武
噯，飛機向南
負舊雪之約

2018.12.31. 台北至南京機上

4

第四輯

攝影：廖偉棠

母星的消息

母星的消息第二次傳來的時候
大霧從林口流瀉而下台北
洗碗劑在我的手傷凝聚山海的泡影
而我早已失去聯絡用的密碼
憑空折斷了耳蝸天線

我能做的只是對著夜樹開始書寫
與地球斷交的信
寄語路遇的獨行鳥和漫山遍野的狗子
骰子一擲取消不了偶然
只有夜樹自愛亦愛人，挺拔給我永安

歷代的瘋子都藉同一道光攀緣
她隨時會擰熄她空中的手電筒
就像我們初遇於驟變的星圖之下的一夜
我如今也是光榮的瘋子一人
步操在黑象牙的琴鍵之上

而我早已失去母星的語言

偌大的空心裡只剩下走板荒腔
「羅馬並不像黑白電影那麼透徹清亮
每個人被歷史愛上的方式都不一樣」
我如今也是不再愛戀地球的一人

用我抵往咽喉的手指發誓
我被百合教會了背叛
被蝴蝶教會了宛轉
如約而來，我帶著自己如一隻螞蟻標本
花枝沉重我高舉著自己如速朽的神像

2019.1.11.

生活

夢中我寫了一首詩〈生活〉
醒來只記得第一句：
「我們看見人海中失重的景觀」
我再次入睡，雙肩上各有一次核爆。
想起曾經夢見一隻肥胖的水熊蟲
暢泳在污水裡想念著它已經成佛的母親
八隻腳還是剛毛擺動得快活。
夢中我寫了一首詩〈生活〉
醒來我看了一個男人把螺母打磨成鑽戒
互相浪費了許多生命。

2019.1.20.

龜吼

兩次短途旅行
兩次路過這兩個字
第一次是北海岸往金山的路上
我想這應該是個漁港的名字
我記下來，龜吼
讓人想起大門樂隊所謂
蝴蝶的尖叫。
實際是遊民扭開海的門
清洗海灘上一具棺木。

後來在台中近郊
一間「生態農場」
我見到了真正的龜吼
頂著直徑半米的灰禿禿巨殼
牠挪動到陽光下，反覆啃咬
一根繩索
反覆把繩索嵌進嘴角的傷口裡磨
嘶嘶在我耳朵中反覆掘開一個煉獄。

然後是上班者如火雞唰唰
整理好彼此啞然遺容。

2019.2.1.

考現學

我們都是無常的專家
從苦澀的樹芯裡提取火焰。

「哪裡來的光將這夜林照亮？
是貓頭鷹還是時間留下來的微塵？」

「是昨日的瑣碎流轉如眾靈
我們都是無常的底片」

「這小生命何故來到我身邊
她的哭聲為何古遠？」

林中那位研究地獄的怪獸
日夜在冰箱與烤爐之間逡巡。

2019.2.10.

與母親及子女遊動物園

零雨飄落的時候

馬來貘在池邊止步

欄杆外指導老師說起了白居易

欣慰於夢被貘吃光

我內心聳聳肩不以為然。

事實上我的雙肩是河馬

在污水中浮沉

我的不以為然是火烈鳥

在幽暗中自燃。

我給女兒指點睡著的老虎

牠回頭是不是爸爸年輕時的模樣

給兒子求證瞪羚的速度

牠和獵豹誰先死去誰先再生

給母親拍攝她和考拉母子合照

緩緩攀爬我已經遺忘的童年時細枝與冷霧……

俄頃萬物甦醒！大象撼地，貓熊噬林，狐狸跋扈

家長們學習猩猩的緩行，不時張望彼此，為肥頤而羞愧，為厚顏而頓足。

發出短笛一般的哭聲之後

馬來貘猛地躍過鐵網，將我像一個夢那樣完美囫圇。

2019.3.17.

春詩四章

春宴

他連我家的料酒都喝光之後，決定打電話去波士頓。

那個晚上越洋電話的三人，現在只剩下我一個。

光濃縮著宇宙，提煉一撮極苦的鹽巴。

光摧殘著愛人，碎一地少女椿。

那是 2001 年，我們的太空漫遊被無知的人類斷了電。

現在只剩下我一個還沒有窺伺黑洞裡透明的嬰兒（你們輪迴了嗎？）。

現在只剩下我一個繼續被大火猛炒，不知將成何等佳餚。

2019.2.16. 念亡友馬驊、孟浪

春饌

我與一條毛毛蟲分享這璀璨暮光

以及突然變得無邊的寂靜

牠不斷攀緣成一個笑臉

從我過度曝光的臉上提取曲線

我們都是偷生的專業人士，熟知死亡的行蹤。

屍解我們的，往往是更專業的螞蟻

牠們聞風而動，守候在我們甘甜的呼息旁邊

聚集成某本經典的斷章殘簡

縱使巨掌如聖寵常常把牠們推進天堂。

因此我們一起寄身櫻花樹下等啊等

等第一場春雨把花瓣無情擊落

成為我們刺身上的金箔、

伴菜、小銘牌。

2019.1.18-2.24.

春爐

他打敗了我們。
　　　——策蘭

大片的光像被打敗的天使

在花瓣的背面喘息

他們愛但閉口不言

愛是如何成為暗下去的花園

只有我從天使當中走出

熟練地收拾飯桌上的殘羹

熟練地洗滌浴缸裡的小孩

熟練地掩臉佯睡、做一個流亡的夢

天啊，我竟在灰燼中飛行了二十年

彷彿自己是一腔傾瀉的子彈

而天使們變老，變堅硬

如捲曲的花枝在午夜之月耀中上升

我們偶爾並肩，聚散不明

當眾星驟然被遺棄

銀河的軸樞折傾又旋正

我關上每層樓的燈，檢點門鎖的微安

2019.3.4.

春歸

春燈猶豫著張起，
三姐妹點數著自己的遺骨。
最小的那個混同於鏡頭後的櫻花
是姐姐和前夫的女兒。

在京都，薄暮深林下起了雨，
我找不到舊情人的墓碑：
那個把「空」刻上頑石的老頭子。

頑石和三姐妹都比你懂得「空」，
一會兒排成一字，一會兒排成人字，
豔粉骷髏從瓶中飛起。

啞青蛙帶走了你藏在旅衾下的指環。
我們向地球索取了那麼多，
僅僅回禮以我們的屍體。

2019.3.30.

致遠方的象

現在誰也不能拔去你的象牙了

你也不屑面對他們的狗牙

大地上無數空洞

蛀蟲稱之為國家

你的席地而坐是一個傳說

你的藝術只剩下飢餓

敲打吧　敲打啞巴森林　喚醒一些魔咒

除了雪橇　還有什麼失落在剛果河？

除了花蓮　還有什麼台灣的苦核？

除了大象　還有什麼遺體徹夜搬出中國？

現在誰也不能探手進你的心臟了

醫生早已凍僵在寒夜

我們假裝是圍攏在病房外的鄉下小孩

高聲唱著跑調的安魂歌

實際上我們都不是騎煤桶的人！

是吃隱喻為生的蚯蚓罷了！

假如沒有了語言作為靈船

獵人靜悄悄靠近的時候

我們能否像你

呼嘯而過　死得其所

2019.4.3.寫給胡遷

大遊仙詩

將來星團急遽在宇宙中下墜也沒關係⋯⋯
你知道我的屍體埋葬的方位
我們仍能一起變成白矮星的核，聚結更緊密

而現在是你在黑暗中喃喃著「爸爸我要回家」睡去
我們更像一只蘋果的核
不知刀鋒會隔阻，不知人間已醉

也許我們現在就在宇宙中下墜，瞬間千里
諸天未能牽停旋轉的星臂
看你我髮端擦過仙后座與滑梯

2019.4.6.

仿管管

「那裡曾經是一頁一頁的粉專」

「你是指這一地一地的鈔票」

「現在又是一間一間的戰場了」

「你是指這一池一池的國家」

「是一池一池的國家嗎」

「非也，卻是一屋一屋的長頸鹿了」

2019.4.9.

黑洞三疊

1

黑洞填滿你們手中拿著劃著的黑洞
黑洞放空你們買入賣出的黑洞
黑洞吞噬你們熱愛效忠的黑洞
黑洞模糊指向你們腦門的黑洞

2

黑洞沉默被你們的噪音舔吻吸吮
黑洞如蛾即將舉行和火焰的婚典
黑洞難產即將剖腹一個波斯的花園
黑洞閉經被你們的顫慄拉長一聲尖叫

3

我的死神只肯給我一頭白髮而不是一個黑洞
我的愛人說他的擁抱是一個流浪的黑洞
我隨身攜帶掏出來燙手的是不是一個黑洞
我的母親四十年前已伸手把黑洞的燈芯輕輕捻熄

2019.4.10.

訪舊

我還在。
寫過的每一個字問我那個問題。
我還在。然後它們伸出它們的筆畫
拍拍我的肩膀。
要知道，很多人離開了，有一半成了鬼；
有的，是半人半鬼。
那樣也挺好，總比假裝在要好。
芒刺一般翻滾的熱雨，總把我們割得遍體鱗傷。
芒刺一般飢餓的熱雨，總是饕餮我們積攢的痛。
我還在。
歡迎來訪。

2019.4.14.

我們沒有去過烏索利耶

我們沒有去過烏索利耶，它存在嗎？
它和月球哪個更真實？

一個烏索利耶的女人手提黃色塑膠袋
和她的頭髮一樣在灰色的城市緩緩暗下去

我甚至看不清她是獨個穿過蘇維埃的廢墟
還是帶著她那個長得像塔可夫斯基的兒子同行

起碼在一瞬間她的頭髮真實閃耀她的男孩緊靠
她的身體要在一個攝影鏡頭前面保護她

烏索利耶，這是我第一次也可能是最後一次寫到這個名字
除了這個名字我不知道這張 Google 照片裡面任何一個名字

烏索利耶，我們從沒在這些單調的居民樓裡考驗我們的婚姻
我們也從來沒有在森林邊緣的圍欄上等待對方

我們沒有去過烏索利耶，風照樣像海一樣
把月球和西伯利亞緩緩推近我們漸老的心臟

2019.4.19.

賣玉蘭花的女子

不知是高速道路橋樑的陰影，還是她自己縫製的兜帽
遮掩了她的歲數

反正我聽不見她怯生生的叫賣，只看見她含笑側頭
我餘生的純白部分被掐下買走

我常常在國道入口前面車流最洶湧的十字路看見這女子
我常常忘記了我曾在自己站立過的十字架下看顧這女子

當幾乎所有的車都在抱怨回家的路太漫長的時候
她總是準確敲開某一扇今晚就決定迷失在高速路上的車窗

當所有的我自春風中慚愧低頭收拾自己的香氣的時候
她不向我走來，她不給我枯萎的機會

2019.4.22.

百年身

一個日子的紀念日過去了
另一個紀念日將要來
日子碰撞如石如隕星
也許是龐然大物
也許是貫胸的一顆子彈
我輩側立其間
懷抱幾具屍體
或者空無一人
強光照射著我們
也許是審判也許是分食
一條繩子躺在路上
也許是卡夫卡也許是陳獨秀
我輩手執繩環

2019.5.5.

父之島
——給柴春芽

這個一身蒸騰著水氣向我們走來的人是誰
在異鄉的暴雨中模仿閃電，雖然只是野狗的速度

這個用手代替屋簷，用筆冒充鐮刀的人是誰
這個中途下車走向他沒見過的大海的麥客

他只不過是無數個不願成為羔羊的父親的一人
他只不過是無數個不願成為羔羊的父親的另一人

然而這逡巡、這躑躅、這環伺、這一箭破空
令一座島嶼為另一座島嶼輕輕挪動的，一條魚的速度

（那個一身蒸騰著星光向我們走來的人是誰
在故鄉的暴雨中代替你我，祭祀著無可祭祀的一切）

2019.5.20.

明天會有更多的死亡來殺死今天的死亡
——紀念六四卅年

1

我們死去後

他們錯過了

一萬多次拯救我們的機會。

我們死去後

他們肅立像秋天的眼球

靜靜剖開，一萬多具

我的遺體。

今天有更多的死亡去麻醉昨天的死亡。

昨天，子彈卡殼

射出的是那隻搗住尖叫的手。

晚生的孩子每一年生日

他們都去偷掉一輛自行車

三十歲，他們的成人禮遠沒結束。

晚安，中國

明天會有更多的死亡來殺死今天的死亡。
晚安，中國
是你自己藏起了鑰匙
最後自己也忘記了自己
走失在地圖的哪個角落。

2

經過三十年的唸叨
死者終於全部南下這個城市。

經過三十年的改造
事發地點也終於南下變成這個城市。

就讓北京再次清空它的地圖
我們承受這不應該承受的霹靂。

再次結束自行車上的青春期
熄掉你的手機，那導航聲音是幽靈歌者。

茶包反覆浸泡直至餐桌佈滿血跡
一顆流彈取出置放在碟子正中。

下午茶時間過去了！
我們依舊被暮色舔舐，但我們有毒。

3

坦克疲軟
我們要開一枝黑色花
宣告：我們無罪，拒絕凋謝。
我們齊刷刷的手臂不是在呼救
我們剖開死亡的苞蕾
從子宮掏出自己。

廣場更名
不必有過路人夜哭
白魚蠟燭倒下燃燒了一卷雅歌。
我們水銀瀉地的舞姿不是在哀悼
我們的生只和生命有關
並把遊魂接進生的行列。

晚安，香港
所有未掀起的帷幕都將掀起

所有未結束的告別都將結束。

晚安，香港！

飛站的列車，我們都是乘客

不再抓穩扶手，因為雙手都拎滿炸藥。

昨天沒有骨灰，留給明天的飢餓。

2019.5.24-28.

註：

「要開作一朵白色花——

因 我要這樣宣告，

我們無罪，然後我們凋謝。」——阿壠

Little Snowflake

多少快樂尚未對我們展開
譬如一片一片雪花飄落童年的手。

而現在是身邊徹夜忙碌的蚊子
我的理性所不能解釋的卑鄙的世界。

多少鐵在它仍是礦物的時候我未能一睹
它原本的色彩，後來成為流彈

一顆一顆貫穿我的身體
直至爆炸的一天來臨。

我負疚於這個夏天，倖存者的香菸與苦汗
取代了死亡本應該有的檸檬氣味。

但是始終有另一個世界在小女孩的夢裡
雪花下墜下墜下墜盈滿父親的心臟。

2019.5.30.

暴雨中讀宮澤賢治

「喂，兄弟
給我點回應
從那漆黑的雲中。」
雲從泰山爬上林口
吸乾水碓窠溪，籠罩東湖路
旋即把礦石般的雨水砸向我的窗戶。
芭蕉在雨中激烈揚手，
像鬼魂的熱情被婉拒的時候。
你面容清麗，是雲的畫筆描深了你的眉目嗎？
你髮梢滴水，是從我們的火獄之上蒸騰的淚嗎？

諸神緩緩沉降，有愧於所有努力生存的蟲鳥。
我無法開窗取回這些原屬於我心的鑽石，
我無法成為賢治那樣的人。
遠離耕地與廢墟，遠離那些遊蕩在山間的鬼魂的
這樣無趣的一個我，緩緩紮緊了綁腳
馬上也能像敢死隊員一樣
把夜行衣以血染透了嗎？
在疾馳的烏雲中

無法推開車門

游進那些我們年華中驟燃驟滅的激流。

假行僧

佛光山不在佛光大學
佛光山在高雄的暴雨中。

夜奔十七年回到宜蘭
和你在相反的出口候車

滿目燈火的野獸不在心中
燈火背後是太平洋與龜山島

在心中。心中即殉情

在溫泉村遇見死去的哥兒們
那是我出家很久以前愛過的人

中午在礁溪，走過一地唸經的瀝青
走過妄語和暴雨我的空鉢叮噹。

2019.7.19.

民國一百零八年

嚮往民國的時候

我還是個少年

棲身島嶼的時候

我的兩鬢跟民國一樣蒙霜

清潔的依然清潔

淵深的不會蕩然

我像一個流寇被國家的邊緣切割

我像一個敗家子被島嶼垂憐

時為民國一百零八年

我心愁苦：

山河遼闊，與她無關

仇深似海，於她無用

俠隱也無法為一個幽靈請戰

我在林口與泰山交界的飢餓谷

與一輛廢棄機車對視良久

「累累若喪家之犬」

「說你呢」「說你呢……」

我不意學孫猴騰雲

作一個金雞獨立之勢

倒下便酩酊在芒草的箭雨當中
漸漸加入被遺忘的白骨遠征軍

2019.8.3. 歸義日

契闊

我躺在冰河浮沉前行的時候
我父親的幽靈想必會在灰綠色的天空
俯瞰搜尋我的影蹤
如此寂寂，一雙馬眼，或一對蝙蝠翅膀

悠久的天使在我背後支撐著航線
多年後我們都交織成鐵網上的流星
我父親遺忘了我五歲那年他買過一張彩票的號碼
但就算他記得上帝也會賴帳

2019.9.26.

瞭望塔上放眼望

「夜如何其？夜未央」

有人終於活成了自己電影裡的丑角

有人用一張綠卡權充思鄉的船票

船桅上綁著他的浪子兄弟

請注意桃花園中的一角

是火炬還是燭光

「浮生若夢，為歡幾何？」

有人翻牆回家，就能歌唱祖國

他們的頭顱滔滔，不待收割

在馬路看不見的耀光處

那些停靈的少年碎如蛋殼

陰影開始流動，據說那是歷史的長河

番茄插上火柴腳，自誇終生最愛哪吒

瞭望塔上放眼望

「生意佬喝我的酒，鄉巴佬挖我的地

這條道上的人都不知道它有什麼價值？」

你是她的愛人嗎？你深夜裡磨礪了月牙

請你往橋底下挪一挪，請你喝光這杯春藥

過了這個肥年

金蓮還要和你大戰幾百個回合

抽刀斷水的人

你的筆不覺得委屈嗎？

你的無賴牛二坐在明式家具上觀賞你的大宋滅亡

「那知是寒食？但見烏銜紙」

卷軸的末端已經站滿了皇帝

手裡的印章隨時加持

螞蟻們走出城門

牠們的肢體排列好這一篇書法殘章

左側右側的文豪也已經準備好收藏

瞭望塔上

烈火熊熊

為了穿過針孔他們選擇了裸奔

2019.10.1.

註：四段引文分別出自《詩經·小雅·庭燎》、李白〈春夜宴諸從弟桃花園序〉、巴布·狄倫的〈All Along the Watchtower〉以及蘇軾〈黃州寒食詩〉。

感謝貘

八年了，十八年了，似乎完全沒有過去。
在夢中虛構了往事，那不應該存在的嬉戲
並沒有浴缸，即使有陽光，笑聲也消失在貘的肚子。

從什麼時候開始，城市裡升起的煙不再是炊煙
只有一個目的。而你卻是不承載於這煙的。
你還在窺探泥土裡雨水的流向嗎？
你遇見貘。

感謝貘，吐出了骨頭。
當另一些人紛紛預定了蓋身體的旗幟，
你脫去了甚至只相當於玻璃的衣裳
沿著牠在深淵旁邊的哀鳴，漫遊我烏雲的耳蝸。

就像十八年前我曾經用呼息漫遊你的耳廓。

2019.10.5-8.

224

雁雲美髮
——憶檳城

也許檳城一個詩人寫下你
作為一首詩，寫下來就舊了
也許僅僅是一首詩路過這裡
留下來，像這個舊詩人
把自己藏身一頁頁菜單
酒令和變異鄉音裡
一絲美髮不知所蹤
並不會有人記得
而這南洋的椰香正濃
淹沒了夜色

在另一個詩人的俏皮詩裡
數來寶一般的菜名
除了安慰思鄉的胃
還提醒著這個囚徒的刑期
而不能吃的，是雲，是雁
是被想像成毛筆的飛簷
伸進太平洋的暮色中

寫下幾句對女獄卒的讚美
照舊語言不通，天地無用
任由傷足模仿沉船，腐朽在蜜陽中

鬼也不思歸去吧
裕榮莊對街的梔子花曾經見過他
一首詩，一個不善忘的檳城寫下你

2019.10.19.

註：雁雲美髮，喬治市裡一家廢棄理髮廳的名字；裕榮莊，孫中山在檳城設
立閱書報社的舊址。

軼民祭

我和我的國籍
在集裝箱裡窒息
曾經它運送那麼多物質到牆內
卻吝嗇一瓶氧氣
曾經它運送那麼多物質到牆外
換來不屬於我的貨幣

我和我的屍體
只有陌生的旗幟致哀
我的國旗
繼續在手機上閃耀
繼續是一種無法翻譯的驕傲

我和我的憧憬
在零下二十五度被封存
一隻冰河時期的金龜子
它沒有祖國也否認牆的必要
它的飛行也會碰壁
但它的自由它自己知道

2019.10.25.

霜降

我私釀語言
的汽油彈已三十年
未曾落案

反而是
用蜂蜜寫的通緝令
被熊自己吃光

我彈盡糧絕的時候
也會吃些光吧
假如我已經吃透黑暗

我是熊
頭頂迴旋的霜，八心八箭
準備好熬過又一個冬天

2019.10.23-26.

憶南國

十天前，檳榔咀嚼黃昏的稀薄
屏東武道館裡，吾兒與斜光相搏
像他的父親一樣，被微塵過肩摔
被幸福辯駁

一個月前，大嶼山再一次在陸沉中升起
承托我只不過路過的幽靈
吾父與香港一起湧來，搖撼赤鱲角的拒馬
像他的兒子一樣，突然被無人之陣圍困

一年前，一場細雪在鍾山之麓熄滅
欺騙我只不過亡國的幽靈
吾友掙脫南明的草木，夢見桃花庵
像她的愛人一樣，落髮在為奴的前夕

嗚呼不知在何年兮，千徑自經
勒於大庾嶺，散為無邊自由民
吾祖卸甲，與猿猱換一把溪錢
生死也不以筆墨沾染

2019.11.22. 南京

一命

「爸爸，幫我按摩頭頭」你說
我得以在黑暗中摸索你的頭骨
小巧玲瓏的，你靈魂的載具
還是靈魂本身？她在開闔說出你

有時我擁抱你，一小腔熱血
是否也是你靈魂泅渡的暗河，一輩子反覆穿過？
當天亮，燕雀在窗子外訴說牠們自己
是否也是我的孤獨，在捍衛你的入夜

是否這一命，守著大的諾言歸來
在今夜稍作躊躇
把碎金灑了我滿懷，止息我的汗水
在塵世寄存這不屬於你我的行李

「火車快開，火車快開，越過高山……」
我輕輕摀住你即將拉響那告別的汽笛

2019.11.27.

230

安娜

「我從九千公里遠道而來就是為你點火」
「在時間、痛苦和擁抱之外迴響」

這兩句幾乎就是一首詩
在落落雪山之間輕風跳完了狐狸的素描

獵人追蹤也走了九千公里路
他傷口掏出的火轟然喚回了時間、痛苦和擁抱

2019.12.15. 悼念 Anna Karina

冬至詩

在民國，只有我一人懷念民國嗎？
民國六十四年
我死於配槍的青煙與銀白的狂草之間
只遺下三十六歲在眷村的妻
此事無情極
而我的生如墜雀，不勞她鬢邊光彩

另一個我死於滿洲里的監獄
冬至夜，等不到二十五年一封家書
在蘇維埃，只有我一人咒怨著蘇維埃
彷彿是一個愛過我的男子的名字
而我的旗袍如魚，凝凍在阿穆河的夢裡
黑紋剚血

此事無情極
我也曾一夢八千里，縱斷急山驟水
掀瓦直入粵西陋室
二十四歲那菩薩陣痛

攥斷了她父親懷中一枝鋼筆

憑藍墨染了產床，從冰點湧一樹繁花來——

2019.12.22.

之前
——給女兒

其實在印成一本詩集之前
樹已經在寫詩

承載那些帶電浪遊的神經之前
矽和我們相約回到白堊紀

在我說愛你之前
已經有四十五億年，月球用潮水撫拍島嶼

2019.4.8.

攝影：廖偉棠

文學森林 LF0129

一切閃耀都不會熄滅

作者　廖偉棠

香港詩人、作家、攝影家，現居台灣。曾獲香港文學雙年獎、台灣之時報文學獎、聯合報文學獎等，香港藝術發展獎二〇一二年度最佳藝術家（文學）。

曾出版詩集《和幽靈一起的香港漫遊》、《野蠻夜歌》、《八尺雪意》、《半簿鬼語》、《春盞》、《櫻桃與金剛》、《後覺書》等十餘種，小說集《十八條小巷的戰爭遊戲》；散文集《衣錦夜行》和《有情枝》；攝影集《孤獨的中國》、《巴黎無題劇照》、《尋找倉央嘉措》、《我城風流》、《微暗行星》；評論集《波希香港．嬉皮中國》、《遊目記》、《深夜讀罷一本虛構的宇宙史》、《反調》、《異托邦指南》系列等。

照片攝影　廖偉棠
美術設計　楊啟異
校對協助　陳子謙
行銷企劃　楊若榆・李岱樺
版權負責　李佳翰
副總編輯　梁心愉

定價　新台幣三二〇元
初版一刷　二〇二〇年六月八日

ThinKingDom 新經典文化

發行人　葉美瑤
出版　新經典圖文傳播有限公司
地址　臺北市中正區重慶南路一段五七號十一樓之四
電話　02-2331-1830　傳真　02-2331-1831
讀者服務信箱　thinkingdomrv@gmail.com
粉絲專頁　http://www.facebook.com/thinkingdom/

總經銷　高寶書版集團
地址　臺北市內湖區洲子街八八號三樓
電話　02-2799-2788　傳真　02-2799-0909
海外總經銷　時報文化出版企業股份有限公司
地址　桃園市龜山區萬壽路二段三五一號
電話　02-2306-6842　傳真　02-2304-9301

一切閃耀都不會熄滅／廖偉棠著. -- 初版. -- 臺北
市：新經典圖文傳播，2020.06
240面；15.5×23公分. --（文學森林；LF0129）
ISBN 978-986-99179-0-2（平裝）

851.487　　　　　　　　109007507